1

El Último Vals de Eleonor

Rubén Betancourt

El Último Vals de Eleonor ©
Copyright© 2020 Rubén Betancourt
Kindle Direct Publishing
ISBN: 9798690780739
Primera edición.

Índice

Capítulo 1

Creo que me he roto la espalda. Bendita sea la suerte que me cargo. Soy un estúpido, solo a mí me suceden estas cosas. Solo quería servirme una taza de café, caminé a la cocina leyendo esta novela que me tiene hipnotizado, y de repente me doy cuenta que uno de los focos de la cocina está fundido. Creo que había estado fundido por una semana o más, era hora de cambiarlo. Fui por la escalera al patio trasero. El cielo de la cocina es alto, y las luces están a cuatro metros del suelo. Instalé la escalera y me aseguré que estuviera firme sobre el piso de loseta de la cocina. Había dejado mi novela sobre el piso a los pies de la escalera. Subí por la escalera para cambiar el foco y cuando estaba en el punto más alto perdí el balance y caí de espaldas hasta el suelo. Lo peor de todo es que mis lentes han salido volando y están tan lejos que no los puedo alcanzar y ya no puedo leer mi novela que estaba tan interesante.

No me puedo mover, me duele todo. Bueno, la verdad es que no siento la parte baja de mi cuerpo; de la cintura para abajo. ¿Quién me va a ayudar? Nadie viene por aquí, nunca. Creo que han de ser como las seis y media de la mañana. Me he despertado a las cuatro de la mañana y ya no me he podido volver a dormir desde entonces. Me levanté a las cuatro y media porque ya no soportaba estar dando vueltas en la cama y fui y me preparé una jarra de café, de ese que compré de Campeche. Me puse a leer una novela de José Revueltas, la de: El Luto Humano. Ya iba por mi tercera taza de café cuando me caigo; chin, que mala suerte. Y ni modo que grite, si nadie me va a escuchar. El vecindario está más solo que un cementerio. Aquí ya viven puros viejitos jubilados. Y a mí nadie me llama, no tengo amigos ni familiares. Ya todos mis conocidos se han muerto o los he matado en vida a la mayoría. La verdad es que no eran muchos, nunca fui muy popular entre la gente. Creo que me la he pasado cancelando gente en el transcurso de mi vida. Es que la verdad soy un poco delicado. En fin, que importa, el mundo está lleno de hijos de puta, en lugar de Planeta Tierra se debería de llamar: Planeta Hijos de Puta.

Ya hace doce años que me retiré de mi trabajo como administrador de un almacén. Fue una jubilación temprana debido a que la empresa para la que trabajaba tenía un buen programa de retiro, así empecé muy joven con mis ahorros. Además, sirvió de mucho que siempre viví en la casa de mi madre y así nunca tuve que gastar en hipotecas y eso me permitía poner más dinero en la caja de ahorro. Nunca tuve hijos, eso representó otro gasto menos. Siempre fui muy frugal en mi economía, no vicios —con excepción de una corta etapa adolescente—, no viajes exóticos, en fin, todo bajo control. Nunca me dejé llevar por pasiones desenfrenadas. No acostumbraba a invertir mi dinero en empresas riesgosas, o a hacer préstamos, no, eso nunca. Siempre fui tachado de austero y de tacaño por esos motivos, pero qué más da, la opinión del mundo siempre me importó un cacahuate. A resumidas cuentas, una vida patética de no ser por mí Eleonor.

Está por demás decir que no tengo contacto alguno con mis excompañeros de trabajo. De hecho, creo que siempre me odiaron y yo a ellos. Nunca asistí a ninguna de sus reuniones, ni participé en sus convivencias. Siempre conservé mi distancia desde el primer momento. El último día de trabajo mi jefe preparó una pequeña comida a la que asistí por compromiso. Los demás empleados participaron de la reunión porque eran una bola de gorrones que nunca sintieron afecto por mí. Creo que las cosas se fueron en picada por el incidente del estacionamiento. De cualquier modo, todos aplaudieron mi despedida. Tal vez se sentían felices de que ya no me volverían a ver.

Mis padres se divorciaron cuando yo tenía cinco años. Mi padre se fue a vivir a una ciudad ubicada en otro estado, a cuatro horas de camino en carro de mi casa. Lo miraba muy poco, sólo los veranos. Nunca logré establecer el vínculo padre e hijo con él; siempre me reprochó que me parecía mucho a mi madre. Yo me quedé a vivir con mi madre. Pasaba los domingos en casa de mis abuelos, mirando películas en blanco y negro del cine de la época dorada. Se podría decir que era un chico sobreprotegido y consentido, un poco chiqueado por ser hijo único. Vivíamos en un barrio de clase media de acuerdo al país en que estábamos, claro está. Teníamos un carro y nunca tuvimos problemas de alimento o alojamiento. Mi madre trabajaba de secretaria en un despacho de abogados y nunca se volvió a casar. Creo que con la mala experiencia que tuvo con mi padre le fue suficiente.

El estar sobreprotegido me afectó en los primeros años de educación primaria. Fui víctima del acoso de los compañeros violentos. Se burlaban de mi estructura delgada, de mi nombre, y mi actitud arrogante; de mis ropas de niño consentido y mis modales pulidos. Era educado y disciplinado, siempre con buenas calificaciones; esto provocaba molestias a algunos. Nunca lo comprendí, había otros niños que sobresalían a nivel académico más que yo, pero ellos nunca fueron acosados. No lo sé, siempre he tenido esta cara que me hace susceptible a las agresiones. Tuve que aprender a sobrevivir a punta de madrazos. El barrio era bravo y los chicos de clase baja eran rebeldes y violentos.

La escuela primaria fue una experiencia difícil; ahí fue donde experimente los primeros ataques directos hacia mi personalidad. Tenía que aprender el modo de pasar desapercibido, de mezclarme entre la gente para no llamar la atención y no ser atacado. Traté de integrarme por medio de los deportes, pero aquello representó otro fracaso. No tenía fuerza ni coordinación muscular. Nunca me escogían en los equipos a la hora del recreo. Siempre fui relegado a la banca. Nunca goce de la simpatía de los demás, había algo que siempre me mantenía a distancia. Poco a poco fui reprimiendo mis impulsos para evitar confrontaciones, para no ser atacado.

Mi vida no ha sido más que un largo monólogo solitario y sin audiencia. Desde muy temprana edad me di cuenta que no pertenecía al grupo, que era un lobo solitario, y esto me hacía presa fácil para los depredadores. A muy temprana edad experimenté el rechazo del mundo, pero, aun así, nunca bajé los brazos. Las cosas serían a mi modo, costara lo que costara. Sin embargo, por mí no quedo. Intenté ser escuchado de mil formas; traté de conectarme con el resto del mundo, pero todos mis intentos fueron inútiles. Me esforcé por mezclarme y formar parte de la manada, pero fue en vano, nunca fui parte de ellos. Entonces opté por retirarme de modo silencioso, sin ser visto.

Me convertí en un chico solitario, pasaba las horas del recreo en la esquina de una banca de madera abandonada en el patio trasero de la escuela. Ahí era el Dios de mi propio universo. Un extranjero en el mundo, que creaba universos imaginarios para salvar las horas de hastío. Un inadaptado a quien los mayores ignoraban y los chicos repudiaban. Permanecía solitario de pie al lado del precipicio, y la contemplación de mi abismo, me convirtió al vacío.

Es curioso, el otro día estaba mirando en la televisión un programa de supervivencia en el desierto. Los comentaristas del

10

programa mencionaron que un ser humano puede sobrevivir entre cuarenta y cinco a setenta días sin alimento; pero sólo puede sobrevivir de tres a cinco días sin agua, todo depende de las condiciones del clima. Si se está en un clima frío, uno puede durar más que en un clima cálido, por el factor de la sudoración. Creo que en ese aspecto estoy en desventaja. Esta ciudad está en medio del desierto y estamos en pleno verano, es el mes de agosto, las temperaturas pueden llegar a los ciento veinte grados Fahrenheit en el espacio abierto y alcanzan los ciento quince grados en la sombra.

Apagué mi aparato de refrigeración ayer por la noche para ahorrar energía. Los recibos de la luz eléctrica son un ataque mortal a la economía del pueblo en los veranos de esta región. Me fui a la cama con un ventilador. Revisé el pronóstico del tiempo esta mañana y se esperaba uno de los días más caluroso del año. No lo sé, tal vez eso pueda representar un golpe de suerte a final de cuentas. Y por golpe de suerte me refiero a que tal vez mi sufrimiento se reduzca a un par de días, y no a una agonizante semana. De cualquier modo, estoy consciente de que el suplicio será lento, largo, y doloroso. Justo lo que merezco.

Tengo el estómago vacío. Defequé ayer por la noche. Siempre he sido de metabolismo rápido, como poco, pero constante, siempre estoy consumiendo algo en el transcurso de tres o cuatro horas. Tomo el desayuno a las siete y media de la mañana todos los días, regularmente. Mis tripas están empezando a protestar. Tomé bastante café esta mañana, así que estaré hidratado por unas cuantas horas. El problema va a ser a la hora de orinar. Estoy en una posición demasiado incómoda para recolectar mi orina; es una lástima, otro factor que conspira en mi contra. Lo único que tengo a favor es mi pensamiento, eso es lo que me mantendrá con vida. Digamos que esto es otra prueba de resistencia.

La muerte está volando a mi alrededor. Como siempre,

11

acosando, merodeando, espiando los pasos, revisando el reloj de arena, tal vez esté sentada ahora mismo en el sillón de mi sala leyendo el periódico, esperando por mí. Los buitres sonríen, pero está bien, siempre he sentido simpatía por los buitres. Considero que su trabajo es uno de los más nobles en la cadena alimenticia. Ellos solo se encargan de limpiar el desperdicio, de alimentarse del despojo. Que tarea más noble, es un trabajo sucio, pero alguien lo tiene que hacer. El problema de los buitres es que están un poco feos los pobres, o, mejor dicho, no encajan en los estándares de belleza a los que estamos acostumbrados; esas imágenes con las que nos educan; lo que es aceptable por hermoso. Tal vez por eso nunca me integre al grupo, simple y sencillamente, no ajustaba en sus moldes. Pero yo como los buitres sonreía y sobrevolaba sobre los cuerpos esperando por la muerte.

Se me antoja un emparedado de jamón con huevo. Un día estaba sentado en el patio trasero de mi escuela primaria, me encontraba dibujando en mi cuaderno, cuando sentí que alguien se sentó a mi lado. Era una niñita de tez pálida, delgada, con unos ojos tristes y una sonrisa tímida. Ella sacó su lonchera y tomó un emparedado de jamón con huevo y lo partió en dos y me extendió una mitad. Nunca nadie me había demostrado algún gesto tan amigable en aquella escuela. Me sentí un poco raro, pero acepté el ofrecimiento y comenzamos a hablar.

— ¡Hola! Mi nombre es Ana. No me gusta comer sola y como miré que también estabas aquí solo, pues decidí comer contigo —dijo ella con esa voz llena de ternura.

Yo me puse un poco nervioso: —Sí. Está bien. ¿De qué es el emparedado?

—Es de mis favoritos: jamón con huevo.

—Es uno de mis favoritos también. Yo me llamo Úrsulo. ¿En qué grado estás?

—Estoy en el quinto grado ¿y tú?

—Yo estoy en sexto. Ya casi termino.

— ¿Que estás dibujando? —preguntó ella.

— Me gusta dibujar dragones —le respondí.

—A mí también me gusta dibujar —dijo ella al momento en que sacaba un cuaderno de su mochila para mostrarme sus dibujos—. A mí me gusta dibujar girasoles. Noté que ella tenía el dibujo de la cara de una mujer en una de las páginas. — ¿Quién es ella? —pregunté.

—Ella es mi artista preferida. Se llama Frida Kahlo.

— ¿Y por qué te gusta tanto? —pregunté.

—Lo que pasa es que ella pasó mucho tiempo en cama como yo. Entonces, siento como que tengo una conexión especial con ella. Cuando estuve enferma mi mamá me regaló un libro de Frida para que coloreara y no me aburriera. Después, leí un poco acerca de su historia y me enteré que estuvo envuelta en un accidente y por eso pasó mucho tiempo en cama. Desde entonces me interesé mucho por el dibujo. Me gustan mucho los girasoles, por eso me la paso dibujándolos.

— ¿Y de qué estás enferma?

—No sé. Mi mamá no me dice. Sólo me lleva con el doctor y me ponen unas inyecciones, y luego hacen que me quede por muchos días en la cama. Y luego pierdo mucho peso y me duele mucho la cabeza. He faltado mucho a la escuela este año por eso.

— ¿Pero ya estás bien?

—Creo que sí.

Ella metió la mano a la mochila una vez más y sacó una libreta de color rosa que tenía una fotografía de un perrito en la tapa: —Mira —dijo ella con un tono de voz que denotaba emoción y ternura. Este es mi perrita, se llama Bombón. Mi mamá me la regalo en mi cumpleaños del año pasado. Me gusta mucho ir a jugar al parque con ella.

—Qué bonita está —dije emocionado—. Mi madre no

me deja tener perros. ¿Qué tipo de raza es?

—Mi mamá me dijo que es de la raza llamada Caniche. Creo que es la versión más pequeña de su raza. Está chiquita, así como yo. Ella es un amor, le encanta comer croquetas.

El timbre del recreo sonó una vez más y ella regresó a su salón. Yo caminé lentamente hacía mi salón de clase pensando en la posibilidad de tener una amiga. En el pasillo delante de mí salón estaba un grupo de niños que al verme comenzaron a hablar entre sí. Detestaba escuchar rumores a mis espaldas, porque la gran mayoría de las veces, significaban el preámbulo de un ataque.

Hicimos una buena amistad. Nos juntábamos en el patio trasero de la escuela todos los días, platicábamos de muchas cosas de niños y dibujábamos girasoles y dragones. Nadie nos molestaba. Parecía que no le importábamos al resto de los alumnos y así era mejor. Éramos dos pequeñas almas perdidas entre la multitud de caras y caminábamos contra corriente. Su sonrisa era un motivo para levantarme e ir a la escuela. Por las tardes le llamaba a su casa y continuábamos platicando sin parar por horas enteras. Mi madre hizo a mistad con los padres de Ana y nos llevaban al cine y a museos. Fue un tiempo corto el que duró nuestra amistad, pero fue algo muy significativo en mi vida y marcó una huella inmensa en mi persona.

En una ocasión, mi madre nos llevó al cine para ver una película de dragones que fue muy popular por aquellos tiempos. Después de la película mi mamá nos llevó a comprar un helado. Yo escogí un cono de chocolate que era mi sabor favorito y Ana escogió uno de vainilla. Cuando salimos del local de helados, Ana comenzó a sentirse mal. La llevamos inmediatamente a su casa y cuando llegamos ella comenzó a vomitar. Su mamá llamó a la ambulancia y se la llevaron de emergencia al hospital. Nosotros nos fuimos a casa. Mi mamá se mantuvo en comunicación con los padres de ella para estar al pendiente de su salud. Era el último trimestre del ciclo escolar.

En el primer día de mis vacaciones, después de haberme graduado de la escuela primaria, fui a visitar a Ana al hospital. Nunca había estado en un hospital, bueno si había estado en un hospital, más bien dicho, nunca me había visto involucrado en una escena como la que presencie en aquella ocasión. Había ido a visitar a mi abuela en una vez cuando la operaron de una hernia, pero no fue algo tan impresionante. Fue una operación sencilla y ella estaba sola en un cuarto privado. El hospital estaba en el centro de la ciudad y era un edificio de doce plantas color tierra. Había mucha gente en la entrada y se miraba en los rostros la angustia y el dolor de la incertidumbre. Llegamos a la recepción y mi madre preguntó por la ubicación del cuarto de Ana. La recepcionista le indicó que se encontraba en el tercer piso en el número trescientos diez y ocho a la izquierda del ascensor. Mi madre quiso subir por las escaleras. Caminamos por el pasillo principal donde la gente iba apresurada. De pronto miré a una señora que lloraba desconsolada. Me sentía un poco desconcertado, un poco fuera de lugar. Llegamos hasta el cuarto de mi amiga. Había dos camas en la habitación que estaban separadas por una cortina de tela de nailon. La habitación estaba pintada de un color beige claro. Ella estaba en la cama del fondo, la que estaba cercana a la ventana. A un lado de su cama estaba una mesita de madera un poco maltratada con su retrato y unas flores frescas.

Era la primera vez que miraba a mi amiga desde que ingresó al hospital tres meces antes. Mi amiga estaba casi irreconocible. Extremadamente delgada; no tenía pelo, y sus ojos estaban hundidos, ojerosos, y más entristecidos que de costumbre. Tenía una jeringa con suero inyectada en el brazo derecho. Su color de piel era amarillento y arrastraba las palabras al hablar. Yo estaba impresionado y algo asustado, no sabía que decir; no sabía cómo reaccionar. Sentía algo extraño en mi

15

estómago, una especie de calambre que no despegaba. Era una sensación incomoda que nunca antes había sentido. Por un momento deseé nunca haberla visto de aquel modo. Quería salir corriendo, sentía una especie de presión casi insoportable, pero algo dentro de mí, me decía que tenía que ser fuerte, que ella me necesitaba. Mi madre estaba detrás de mí. Se acercó un poco y tocó la cama; yo volteé a ver la cara de mi madre y descubrí que estaba llorando. Sentí ganas de llorar también. Ella fue mi primera amiga, la primera persona con la que había sentido alguna especie de conexión. La verdad es que fue una de las pocas personas con las que realmente me identifique en la vida. Y la estaba mirando ahí, tan vulnerable, tan derrotada, tan desesperadamente perdida. Y experimenté ese sentimiento de impotencia que he detestado siempre. Quería decirle que se levantara y que fuera afuera a jugar conmigo. Quería que me mostrara sus dibujos, y que hablara de sus artistas favoritos, y de las canciones que había escuchado en la radio esa semana, y que me dijera que había pasado con su perrita Bombón. Y sus brazos delgados reposaban sobre las blancas sabanas, ya sin fuerza. Sus dientes se veían descomunales y desproporcionados en aquella boquita de labios delgados y resecos. Y esos tubos de plástico que salían de sus fosas nasales. Por un momento llegué a pensar que no me reconocía; pero de un modo sorpresivo pronunció mi nombre: —Úrsulo—. Dijo con su voz débil. Y su mirada infantil, nítida, e impoluta se clavaba en lo más profundo de mi conciencia. Esos ojos que nunca he podido olvidar. Después cerró los párpados, cansados, y movió la cabeza hacia un costado para reposar su mejilla sobre la almohada. Se quedó dormida. Mi madre y yo permanecimos largo rato parados en silencio.

Mi madre caminó hacia atrás y se sentó en un sillón que estaba recargado contra la pared y me invitó a que me sentara al lado de ella. Me dijo que teníamos que dejarla descansar; pero que no nos podíamos ir, que teníamos que esperar a que se recuperar para hablar con ella. Pasó una hora. Llegó una enfermera joven y hermosa y la despertó para que tomara su medicina. Ella se veía un poco más recuperada y se sonrió al verme de nuevo.

—Úrsulo aún estas aquí. Qué bueno que te quedaste a esperar que me despertara. Casi nadie viene a visitarme, de no ser por mis padres, mis hermanos y mis abuelos.

—Discúlpame que no había venido amiga.

—No te preocupes. Lo importante es que ya estás aquí. ¿has dibujado?

—Sí. Mira aquí traje unos dibujos que hice para ti. Mira, es el patio trasero de la escuela lleno de girasoles como a ti te gusta —le extendí un cuaderno con unos dibujos dedicados a ella.

—Muchas gracias. Yo no he podido dibujar últimamente. Pero cuando salga de aquí te aseguro que todo va a ser muy diferente. Vamos a pasar mucho tiempo juntos y dibujaremos cientos de páginas —dijo ella animada.

—Sí amiga, estoy seguro que sí — le contesté.

—Ya supe que te graduaste de la primaria. ¿A qué secundaría piensas ir? —preguntó ella.

—Yo creo que, a la secundaria federal número cinco, es la que me queda más cerca de mi casa.

—A mí todavía me va a faltar un año para salir de la primaria. Pero yo creo que a mí me toca en la secundaria federal número tres. Pero, de cualquier modo, podemos estar en contacto.

—Si claro. Lo importante es no perder la comunicación —afirmé.

—Mi mamá viene a visitarme todos los días y mi papá viene cada tercer día porque está muy ocupado trabajando. Yo me la paso leyendo la mayor parte del tiempo, no hay mucho por hacer aquí, ya ves.

17

—Lo bueno es que has encontrado un modo de contrarrestar el aburrimiento —comenté.

—Pues sí, como que le estoy agarrando un cariño especial a la lectura —concluyó.

Pasamos otra media hora charlando, hasta que ella empezó a dar señales de cansancio. La enfermera regresó y le dio otra medicina que la puso a dormir nuevamente. Mi madre y yo salimos del hospital. Cuando estábamos en el estacionamiento, antes de subirnos al coche, le pregunté a mi madre con lágrimas en los ojos: —Ella se va a poner bien ¿verdad? ¿pronto va a salir de aquí? — ella se me quedó mirando y no me dijo nada, tan sólo me acarició la mejilla con su mano derecha y con una mirada piadosa meneo su cabeza y me dio un beso. Nos subimos al carro y nos fuimos a casa.

El cielo estaba nublado y comenzó a caer una ligera lluvia de verano. Eran aproximadamente las cinco de la tarde y había mucho tráfico en las calles. La humedad comenzó a emerger del asfalto. Yo miraba las gotas de lluvia en el parabrisas del auto de mi madre y sentía una extraña melancolía. Experimenté una pérdida prematura que me incomodaba y me presionaba el pecho. Había una sensación en el ambiente; algo que había sentido antes, pero que no podía definir, solo que ahora era más intensa.

Esa noche tuve una pesadilla terrible. Caminaba por los pasillos del hospital, las luces eran débiles. Las paredes estaban llenas de sombras y un silencio absoluto lo cubría todo. Tenía que subir por las escaleras y sentía miedo, estaba solo. Caminaba despacio en la penumbra y me aferraba a mi voluntad. Llegué hasta el cuarto de Ana, la cortina dividía la habitación en dos. Caminé lento hasta estar de frente a la cortina; extendí mi mano para correr la cortina. Ella estaba al fondo de la habitación mirando por la ventana hacia afuera. La oscuridad entraba desde el exterior y llenaba de sombras la habitación. Una brisa ligera movía las cortinas en un vaivén ondulatorio. Ella estaba pálida, delgada, con su bata de hospital manchada de sangre y su cabeza sin cabello. De pronto se volteó y me miró de frente con aquellos ojos de infierno, hundidos, tristes, desesperados. Abrió la boca para lanzar un grito, pero ningún sonido salió de ella. Su piel se marchitó y comenzó a desprenderse de sus huesos. Un viento violento irrumpió la escena y unas manos oscuras salieron de la nada, desde la oscuridad de la ventana y se la llevaron. Yo desperté gritando entre sollozos pausados. Mi madre llegó hasta mi habitación y encendió la luz. Se acercó a mi cama y me abrazó para consolarme. Me volví a recostar, pero ya no pude dormir el resto de la noche.

Una semana después de nuestra visita al hospital, recibimos la noticia de que Ana había fallecido. Asistimos a los funerales y cumplimos con los rituales propios de nuestra cultura. Nos vestimos de negro. Llenamos los altares de flores adornadas con un listón de satín y el nombre de nuestra familia. Rezamos los novenarios y otorgamos nuestras condolencias a los familiares. Fue la primera vez que experimenté la muerte de cerca. Es decir, fue la primera vez que alguien que en realidad significaba algo en mi vida fallecía. Mi abuelo había fallecido un año antes, pero era algo que todos estábamos esperando después de una larga enfermedad; o no lo sé, fue algo diferente; era viejo, que se yo. Como ya lo dije antes, nunca había experimentado esa conexión de apego tan fuerte con alguien que no fuera mi madre. Y la verdad, fue algo sumamente doloroso. Algo dentro de mí se fue con ella; algo que nunca logré recuperar. Hay personas que se presentan en nuestras vidas y nos dejan marcados por siempre; no importa si sólo hayan estado con nosotros un corto periodo de tiempo.

Ese verano, realizamos un largo viaje para visitar a unos familiares de mi madre, ellos vivían en un pueblito escondido en medio del desierto de Sonora. Ella consideró necesario el sacarme de la ciudad para ayudarme a que mi mente se despejara y comenzara a sanar, después del duro golpe que representó la muerte de Ana. Tengo que confesar que fue una experiencia por demás interesante. Duramos dos días en el camino transbordando de camión en camión; recorriendo estaciones perdidas en medio de la nada. Durmiendo en moteles baratos y en hostales de paso. Tomamos la ruta de los pobres.

Nunca logré entender lo que ella pretendía mostrarme. Aunque tengo mis teorías y mis propias interpretaciones al respecto. Creo qué de cierto modo, ella quería darme una enseñanza más allá de la experiencia cotidiana. Quería que viera lo que no había visto. En ocasiones tomábamos vacaciones con paquetes todo incluido a lugares turísticos del país. No eran muy frecuentes; solo fueron probablemente tres vacaciones de esas antes de los quince años. Pero ella quería mostrarme la otra cara de la realidad. Visitamos un puñado de pueblos atrapados por la miseria. Lugares polvorientos en medio del desierto en donde las oportunidades de progreso son reducidas. Algunos de esos lugares secuestrados por el narcotráfico y el crimen organizado. Miré los rostros quemados y partidos por el sol; y aquellas manos encallecidas por el trabajo duro.

Los parientes de mi madre eran gente de campo, trabajadores y decentes. Pero vivían en una situación dura; acosados por una vida severa. Escuché las pláticas de los adultos que hablaban de la desigualdad, del abuso, de la explotación de las compañías extranjeras, de la forma en que los políticos vendían el país al mejor postor. De cómo nada cambiaba, sino al contrario, todo se ponía peor. Y miraba a los indígenas en las calles. Y la cara de las mujeres que cargaban con ellas la desesperanza y el dolor milenario. Y una canción vieja en la radio que gritaba: "Viva la Revolución, Muera el Supremo Gobierno". Y esa vieja canción sonaba más actual que ninguna otra; más viva que todas las estúpidas canciones que sólo repiten lo mismo una y otra vez en las estaciones de música popular. Tanto en español como en inglés. Esa sí era una canción de revolución, no como esos grupos de payasos que me tocó conocer años más tarde. El Tío de mi madre vivía en un rancho escondido, detrás de una loma en medio del desierto. La casa era de adobe con piso de tierra y techo de fibra de cemento. No había luz eléctrica, agua potable, ni drenaje. La casa más cercana estaba a un kilómetro de distancia. En el patio de la casa había un mezquite gigante con sus ramas frondosas que se abrían en un racimo elegante y proporcionaba una sombra copiosa. Debajo del árbol estaba una mujer sentada en una silla de mimbre. Ella era la suegra del tío de mi madre; era vieja, con su rostro moreno, lleno de arrugas y sus labios partidos. Sus cabellos eran canosos y llevaba dos trenzas gruesas que colgaban al costado de sus hombros y reposaban sobre sus pechos hundidos. Traía puesto un huipil de manta blanco un poco percudido, con estampados florales de hilo tejido de colores. Ella fumaba sus cigarrillos sin filtro de marca Delicados y escuchaba a José Alfredo Jiménez en un viejo radio que reposaba sobre una hielera de plástico roja. Yo llegué y me senté a su lado, en una vieja silla de plástico verde. Ella me miró con sus ojos cansados y me preguntó: — ¿Que paso muchacho y tú quién eres?

—Yo soy Úrsulo Morales, el hijo de Elisabeth Muños — le contesté.

—A bueno. ¿Vienes de la ciudad? —preguntó.

—Sí. Llegamos ayer en la noche.

Ella era un poco ruda y no medía sus palabras, pero su brutal sinceridad era algo que me agradaba. —Los chamacos de la ciudad son un poco flojos, están demasiado consentidos. Igual que los hombres de hoy en día, ya no son como antes. En mis tiempos si eran hombres de verdad. Se levantaban temprano, y antes de salir el sol ya andaban trabajando la tierra. Ahora todo lo quieren de modo fácil. Los jóvenes ya no quieren trabajar la tierra, solo se quieren ir para el otro lado, o andar de delincuentes, y de narcos. Les gusta el dinero fácil. Ella se quedó callada por un rato para terminar su cigarrillo. Levantó la radio y sacó una cerveza Pacífico de la hielera, la destapó y le dio un trago. Prendió otro cigarrillo y continuó con su plática. —Y las mujeres modernas, ni se diga, son bien flojas también. Ya no les gusta atender al marido. La mujer de uno de mis hijos ni caso le hacía, tanto así, que se tuvieron que divorciar. Es lo que pasa hoy en día, se van por el lado fácil, ya no luchan por sus matrimonios, al menor problemita, ya se separan, y sale, el que sigue. Y así se van, brincando de cabrón en cabrón y cuando vienen a ver, ya no saben ni qué. ¡No! ¡si las cosas están mal! La gente está perdiendo todos los valores. ¿Cómo quieren que los chamacos salgan buenos, pues?

En ese momento llegó mi madre: — ¿Que pasó Doña Pancha? ¿qué le está platicando a mi hijo?

—Pues nada Doña Elisabeth, aquí nada más, diciéndole como están las cosas, para que aprenda de la vida —afirmó Doña Pancha.

—Está bien Doña Pancha, usted dígale para que aprenda. Nada más no me lo asuste mucho —dijo mi madre.

—Pues yo nada más le digo para que tenga cuidado, porque las cosas están canijas hoy en día. Y que se fije mucho con las mujeres, porque ya no son lo que eran antes —afirmó Doña Pancha.

— ¡Eso sí! Pero él es buen muchacho, por eso no me preocupo. Yo siempre estoy cerca de él, y me encargo de que sea educado y amable, le enseño las buenas costumbres para que el día de mañana sea un hombre de bien, trabajador y responsable. Vamos a ir al pueblo a comprar unas cosas para la comida y la cena —concluyó mi madre.

—Mira Elisabeth, allí te encargo, si van a ir al pueblo, diles que me traigan más cerveza. Y también cigarros, de esos sin filtro, de los más baratos, de los Delicados, dos paquetes — dijo Doña Pancha.

Mi madre se fue al pueblo que quedaba a dos horas con sus tíos. Tenían que usar un camino rural de terracería que se conectaba con la carretera estatal. Llegaron al anochecer con el auto lleno de víveres. Los perros del rancho ladraban alborotados por su llegada. Uno de los perros, el macho alfa, orinó en las cuatro llantas del auto y continuó ladrando. Era tarde y el tío de mi madre se puso a asar carne para la cena.

Nos pasmos una semana en aquel rancho y después regresamos a casa. En las noches se escuchaba el aullido de los coyotes a lo lejos. No había luz eléctrica y el cielo se miraba limpio, abierto, y lleno de estrellas. Por las tardes había murciélagos revoloteando entre los arbustos en busca de insectos. Mi tío tenía chivos y gallinas en un corral de cerco de alambre. A pesar de la pobreza, ellos parecían felices con lo que tenían. Vivían una vida sencilla y austera, sin lujos, ni comodidades. Pero era una vida tranquila, sin el estrés de la ciudad.

Partimos del ranchito un domingo por la tarde. Nunca volví a ver al tío de mi madre y su familia.

En una de las paradas que hicimos, en un pueblito del desierto al lado de la estación de autobuses, estaba una calle llena de cantinas de mala muerte. En medio de dos cantinas estaba un restaurant de flautas y mi madre me llevó a comer ahí. El lugar era un establecimiento humilde con sillas de madera y mesas de plástico blancas. El piso era de cemento desnudo, un poco descarapelado por el tiempo y el descuido. Una bocina colgaba de un clavo incrustado en una viga de madera y se escuchaba a la banda El Recodo. El lugar estaba pintado de un color verde aguacate.

23

Afuera del restaurant estaba un grupo de unas tres prostitutas de pueblo, no muy agraciadas las pobres. Una tenía las piernas flacas y una pancita mata deseos y sus dientes grandes y desproporcionados. La otra era morena y tenía el pelo pintado de rubio y llevaba una capa gruesa de maquillaje que claramente terminaba en su papada prominente. La otra tenía una cara agradable y era redondita con su cuerpo de uva enfundada en un vestido plateado a punto de reventar y llevaba unos tacones rojos. Todas ellas fumaban y gritaban a los hombres que pasaban por la calle. Mi madre se detuvo a una distancia prudente de las mujeres de la vida galante y me dijo en una voz en un tono casi de regaño: — ¡Mira hijo! ¡nunca se te ocurra meterte con una de esas mujeres! ¡porque será tu perdición! Esas mujeres son malas, están llenas de enfermedades y te pueden contagiar de algo. Tienes que prometerme que te mantendrás alejado de esas mujeres. Es por tu propio bien.

Yo era un chiquillo y no entendía en su totalidad a lo que ella se refería. Tenía una vaga idea del sexo, pero no sabía de sus complicaciones venéreas. La verdad es que me sentí un poco confundido por todo aquello. Pero siempre comprendí que ella sólo estaba tratando de protegerme, lo hacía por mi bien. Yo le contesté: — ¡Si mamá! ¡te lo prometo!

Nos metimos al restaurant de flautas ordenamos dos docenas, nos sentamos en una mesa, y nos pusimos a comer. Nos sirvieron las flautas en platos de peltre blancos con puntitos azules y nos dieron dos botellas de refresco de fresa. Llegó un carro a la banqueta, con el radio a todo volumen con canciones de Los Tigres del Norte. Un hombre habló con las mujeres sin bajase del carro y ellas se subieron y desaparecieron, sin más, ni más.

Entró al restauran una pareja de jóvenes. Ella era una chica muy hermosa de piel clara, esbelta, y llevaba un vestido de algodón blanco con lunares rosas y una chamarra de mezclilla.

24

Él joven la llamo por su nombre: Ada. Ordenaron una docena de flautas cada uno y una pata de cerdo. Comieron en silencio. Ella era realmente bella. Uno de los rostros más bellos que me tocó ver en la vida.

Al siguiente día, ya estábamos de vuelta en casa. Una semana más tarde, entré a la escuela secundaria.

Capítulo 2

La escuela secundaria pasó sin mayores percances. Sólo tuve que lidiar con algunos acosadores que no resistan ante la tentación de una presa en apariencia vulnerable. Resistí un par de peleas y sobrenombres molestos. Seguía siendo un chico solitario, taciturno y melancólico. Llevaba un luto perpetuo por mi amiga Ana.

Mi periodo de Preparatoria o Bachillerato fue mi etapa de rebeldía. Fue una etapa de experimentación. En cierto modo, fue la etapa que definió mi futuro a nivel de relaciones sociales. Fue también mi etapa social más activa. Pero una serie de sucesos concatenados y por demás desafortunados fueron los que finalmente me orillaron a renunciar en mi afán por encontrar un lugar entre el grupo. La experiencia del rechazo se repetía una y otra vez, que llegué a sentirlo como algo patológico. La falta de una identificación era uno de los factores determinantes para la nula aceptación que experimentaba mi persona.

En la escuela preparatoria conocí a un grupo de individuos que se identificaban como inadaptados y anarquistas. La sola idea de ser inadaptados ya me atraía, puesto que yo había sido un inadaptado toda mi vida. Se vestían de modos llamativos y pregonaban no seguir ninguna moda. Ese fue uno de los primeros conflictos que tuve que sortear, debido a que yo no gustaba de ropas llamativas, sino al contrario, toda mi vida había tratado de llamar la atención lo menos posible con mis ropajes.

Pero comprendí que siempre hay que pagar un precio, y estaba dispuesto a doblar las manos, a ceder bajo la presión del grupo para facilitar el proceso de integración. Sin embargo, opté por ser discreto, limité mi vestimenta a colores oscuros y un par de camisetas de grupos afines a los supuestos ideales de la pandilla. Me recibieron bien con mi nueva indumentaria. Lo mejor de todo fue cuando la fiebre se extendió hacia los chicos del barrio. Todo mundo comenzó a lucir la misma indumentaria y tenían las mismas tendencias musicales. De la noche a la mañana, aquellos que me rechazaban en el pasado, ahora me aceptaban en sus círculos de amistades. Era una especie de fiebre de fraternidad fingida. Una amistad superficial; qué, sin embargo, me daba opciones nunca antes ofrecidas. Lo mejor de todo: había chicas.

El pertenecer a una aldea, conlleva a renunciar a una serie interminable de individualidades. El grupo debe ser homogéneo para que mantenga sus funciones primordiales, cuyos elementos se constituyen bajo estructuras psicológicas afines. Si un factor presenta irregularidades, debe ser corregido o cancelado para que la ecuación pueda ser resuelta. La resistencia se vence con presión. A mayor resistencia, mayor presión.

Estaba cediendo demasiado y eso creaba un malestar en mi interior. No podía ser yo mismo, porque cada vez que me expresaba daba paso a una nueva confrontación. En una ocasión asistí a la casa de un conocido a ver un partido de fútbol. A mí no me interesaban los deportes en lo más mínimo, pero era una manera de convivir y así lo tenía que comprender. Lo intenté. Al llegar noté que la casa estaba llena chavos del barrio y algunos amigos de la escuela. Eran unos cuarenta en total. El anfitrión de la casa era Carlos Ramírez. Él y yo nunca fuimos amigos en realidad, nos conocíamos de toda la vida, pero nunca nos caímos bien mutuamente. Estábamos en el patio trasero de la casa; se había instalado un gran televisor sobre una mesa de madera para ver el partido. Eran dos equipos de ligas europeas. Había cerveza y hierba rolando por todos lados. No entiendo muy bien lo que me pasó. Creo que estaba cansado de reprimir mis ideas ante los demás y mi bestia interna estaba desesperada por salir a la superficie y hacerse notar. La mayoría del tiempo permanecía callado en una esquina o trataba de entablar conversaciones estúpidas con algún miembro de la pandilla. Sólo quería mezclarme sin sobresalir demasiado para no llamar la atención. Pero esa tarde había algo en aquella hierba, o tal vez fue la cerveza la que me dio ánimos para expresarme. Carlos pasaba de vez en cuando a mi lado y me brindaba aquellas miradas de desaprobación, pero hasta él intentaba ocultar su animadversión hacia mi persona, por el bien de la convivencia.

El partido estaba a punto de comenzar. Había un chico regordete que usaba lentes y estaba a mi lado. El traía puesta la camisa de uno de los equipos que se iban a enfrentar y me preguntó: — ¿Qué paso loco? ¿tú a quien le vas? —. Yo no tenía la más mínima idea de lo que era el fútbol. Y creo que la pregunta fue en un mal momento porque Carlos pasaba por delante de nosotros. Yo dije: —A mí, no me gusta el fútbol. Solo estoy aquí por las bebidas y la hierba. Además, estos equipos ni siquiera son de la ciudad, de la región, o del país. A mí no me convence toda esa mercadotecnia; ese fanatismo estúpido. Mira, tu llevas una camisa apoyando a un equipo al que nunca vas a ver en vivo, cuyos dueños y jugadores no les importa lo más mínimo tu existencia. Consumes mercancía de estrellitas egocéntricas a quienes veneras como si fueran dioses. Estas dispuesto a invertir tu tiempo en ellos, a gastar tu dinero en su imagen, hasta te he visto pelear por esa gente que ni siquiera le importa tu existencia. Creo que es algo demasiado estúpido. Yo no me lo trago. Mientras tú participas monetariamente en incrementar su fortuna, y les profesas fidelidad absoluta, ellos se venden al mejor postor y en cualquier momento dejan colgado a tu equipo por otro. Creo que es un mal negocio.

29

Yo creí que la conversación era entre nosotros dos, pero al parecer hablé demasiado fuerte y ahora todo mundo me miraba con desaprobación. Se escuchaban comentarios entre la gente, tales como: ¡Ya va a empezar este cabrón!, ¡Tienes que salir con tus mamadas!, ¡Como te clavas!, "es sólo un pinche partido", y cosas por el estilo.

Carlos no desaprovechó la oportunidad para descargar su furia sobre mí: — ¡Pues si no te gusta! ¿qué haces aquí? ¡Lárgate! que nadie te invitó.

Yo comprendí que había herido algunos egos con mis comentarios y decidí retirarme lo más dignamente posible. Di media vuelta y caminé en dirección a la salida del patio trasero de la casa. Pero Carlos no estaba satisfecho con eso y quería más. Caminó detrás de mí al tiempo que me gritaba: — ¡Eres un pinche raro! por eso nadie te quiere. ¡Siempre te crees más que los demás! por eso estás solo. ¡A todo mundo le caes mal! porque siempre sales con tus pendejadas. ¡Ni los perros te quieren pinche raro!

Era más de lo que podía soportar. Además, nuestra historia de odio mutuo era muy vieja a pesar de nuestra juventud. No podía permitir que me humillara de esa manera delante de todos. Siempre había cuentas pendientes entre nosotros. Cometí el error de ir a meterme a su casa y de expresar mi opinión y ser yo mismo. Había otros chicos con ideas diferentes, pero de algún modo eran aceptados por el grupo. Yo en cambio, parecía arrastrar una maldición; el lastre del rechazo. No pude resistir más y me volteé al momento en que corría en ataque frontal hacía Carlos. Nos liamos a golpes y el resto del grupo formó un círculo a nuestro derredor, animando la contienda con aplausos y gritos.

Raúl era el hermano mayor de Carlos; era bueno para los madrazos y todo mundo le tenía miedo. Salió de la casa cuando escuchó el alboroto y fue y nos separó. Enfrentó a los demás y los reprendió por no habernos separado a tiempo. Después cargó en contra de su hermano: — ¡Carlos ya cálmate cabrón! Siempre la agarras con este pobre morro. Dale una chanza, no seas hijo de la chingada. Siempre lo están excluyendo, no sean gachos con el pobre chamaco.

Yo mantuve la cabeza en alto, me di media vuelta y continué mi camino hacia la calle. Raúl me alcanzó y habló conmigo: — ¡Chale pinche Úrsulo! ¡No agarras la onda cabrón! ¡Siempre es lo mismo contigo! ¡Ya bájale un poquito! mira nada más, siempre sales todo madreado. Yo sé que Carlos, aunque es mi hermano es un mamón. Pero tú tienes a toda la clica en tu contra. La neta a mí me caes bien, y por eso te digo que te alivianes.

Me sentí un poco conmovido por sus palabras. Nunca creí que él sintiera aprecio por mí: —Gracias por tus palabras Raúl; yo sé que me lo dices por ayudarme. Pero yo soy así, y por más que trato nomás no encajo. Tú sabes, hay gente que es así, demasiados torcidos para el molde.

—Órale mi Úrsulo. Pues ahí te la paso al costo. Ya va a empezar el partido. Cámara.

Se fue con los demás a ver el partido y yo me fui caminando a casa.

Ese negocio de ceder terreno ante mis enemigos no me estaba gustando. Al final del día me veía acorralado en un callejón sin salida. Me estaba transformando en la peor versión de mí mismo. Era uno contra el mundo; siempre lo había sido. Lo que sucede es que la gente común, el resto del mundo, no pueden comprender esta sensación. Su integración es más sencilla. Yo soy como un virus en el sistema, un error en el esquema, una falla en la programación. Esos silencios forzados hacían mella en mi conciencia; y todo era como un efecto dominó de emociones frustradas, así como sensaciones de ansiedad y desesperanza.

Comencé a experimentar ataques de depresión. En

ocasiones me quedaba encerrado en mi cuarto por días enteros y no hablaba con nadie. Comía poco y mal. Tenía dolores de cabeza muy recurrentes y esa sensación de cansancio y tristeza inmensa. Mi madre lo notó y después de una larga conversación decidió llevarme al doctor. El doctor general nos recomendó a un psiquiatra. Después de la primera cita, se diagnosticó un cuadro de bipolaridad moderada y principios de un desorden de obsesión compulsiva. Me recetaron medicamento y una dieta especial. Ahora estaba entablando una larga relación con el Litio y el Valium.

Mientras tanto las cosas en el exterior iban tomando una forma extraña. En el ambiente se percibía la hipocresía y la falsedad ideológica. Mientras por un lado se pregonaban los discursos de hermandad, libertad, solidaridad, individualismo, igualdad, y respeto. Y la idea de fondo era el no seguir a líderes y ser independientes. Por otro lado, se formaban grupos que dividían las falsas hermandades e inevitablemente, surgieron lideres vivillos que manipulaban a estos grupos a conveniencia. La igualdad y el respeto eran sólo palabras banales, sin un significado verdadero, a las cuales nadie respetaba, y lo peor del caso; nadie parecía comprender. Y se criticaba a todo y a todos los que no concordaran con sus vestimentas, sus gustos musicales, o sus limitadas perspectivas ideológicas. Poco a poco se dio origen a un caos de identidad que provocaba choques entre grupos antes afines y ahora divididos por razones incompresibles. Se formó un vacío en las calles que era llenado por el odio y la violencia. Era un llamado brutal al caos total.

Dentro del caos, había algo que me conectaba con el mundo, como si fuese un delgado y delicado hilo que se extiende tenso de un extremo a otro. Yo en un extremo, el resto del mundo en el otro. Ese algo era la música. Para mí la música siempre ha sido como esa ramera de barrio que te coquetea a la media noche, pero que nunca se te entrega; sólo te calienta el mandado. Así como la Cachi. Ella era una chica que se juntaba con la banda allá en mis tiempos de adolescente. Era un poco mayor que yo, me recuerdo. Su mamá trabajaba en una fábrica que producía partes para aviones. Y cada fin de semana salía con un hombre distinto. Sus papás estaban divorciados. Y la Cachi le entraba a todo, no le importaba nada, parecía que estaba enojada con la vida. Pero siempre se iba con otros muchachos y a mí solo me miraba de reojo como provocando, pero nada de nada. Estaba un poco pasadita de peso; sólo un par de llantitas. Se pintaba el pelo de colores y los labios de negro, con sus botas militares y sus camisetas de la Maldita Vecindad, de Molotov, o de Café Tacuba. Una vez nos quedamos solos con un amigo, el Chori, en la casa de él. Pero este muchacho le entraba a las drogas fuertes y ese día se había metido heroína por primera vez. Se había quedado tirado en el piso, y la Cachi y yo nos habíamos quedado a cuidarlo. Estábamos en un cuarto que tenía él detrás de su casa. El cuarto estaba acondicionado para jugar billar y él siempre invitaba a la raza a hacer desmadre ahí los fines de semana. La casa del Chori era grande, su familia tenía dinero, pero él era un malandro de lo peor.

Yo estaba sentado en una banca de madera haciéndome tonto con una guitarra acústica y ella estaba sentada cerca de mí. De pronto sacó un cigarro de marihuana y lo prendimos y nos lo fumamos todo. Luego me dijo ella que le enseñara una canción. Se puso un poco accesible, más que otras veces. Entonces le comencé a mostrar los acordes de la canción de "No Dejes Que" de Caifanes y ella se prendió. Le mostré la entrada al primer verso, me la había aprendido de una revista. En el segundo verso le puse un poco de mi cosecha, porque no me lo sabía bien. Y luego el coro y ya estaba, era una estrella de Rock instantánea. Ella tomó la guitarra torpemente y trató de asimilar los acordes con la mano izquierda; yo traté de mostrarle como. Entonces me puse de pie y me acerqué a ella por la espalda despacito y le tomé la mano para guiarla con los acordes y fue cuando ella volteó y me sonrió amigable; sus ojos estaban encendidos con un brillo especial. Un poco enrojecidos y dilatados por los efectos de la hierba y el alcohol. Yo sin quererlo, sin darme cuenta la tenía abrazada por la espalda. Entonces ella se inclinó hacia atrás un poco y fue cuando la magia ocurrió. Los labios torpes y adolescentes se encontraron en el camino, su aliento a cigarrillo, marihuana, y alcohol. El sabor de su boca juvenil y aquel dejo metálico de sus frenos dentales. Nos besamos y nos tocamos por un buen rato. Ella se desenvolvía con soltura y no oponía resistencia a mis avances. Yo me sentía excitado, torpe, y no paraba de mover mis manos. Nos pusimos de pie y sin dejar de besarnos caminamos hasta el rincón más oscuro del cuarto y yo metí la mano por debajo de su blusa. Las cosas se estaban poniendo interesantes. Ya estaba a punto de proponerle que nos fuéramos a otro lugar; podía adivinar en sus ojos que era precisamente lo que ella estaba esperando. El contacto visual era intenso y en sus labios estaba aquella sonrisa juguetona de aprobación que guardaba un sí por respuesta, cuando de pronto se apareció el Orejón (ese era su apodo) por la puerta. ¡Maldita sea! Se apareció de la nada como un fantasma aquel flaco orejón buscando una conecta de Crack y ella se ofreció a acompañarlo, y de un momento a otro desaparecieron los dos por la puerta. Ya no los volví a ver el resto de la noche.

En otra ocasión, sucedió que por azares del destino la Cachi y yo fuimos los últimos de una fiesta y le di un aventón a su casa en el carro de mi mamá. Afuera de su casa, antes de que se bajara tuvimos otro encuentro, más besos y manoteos, pero cuando le propuse que fuéramos a otro lugar, me dijo que tenía que levantarse temprano, que tal vez en otra ocasión. No la volví a ver, hasta tres años más tarde en un bar, totalmente cambiada. Ahora tenía su color de pelo natural y su maquillaje era discreto y había bajado considerablemente de peso. Traía puesto un vestido de algodón con estampados florales ajustado a su figura que la hacía lucir espectacular. Parecía otra persona, se miraba más atractiva. Los hombres que pasaban a su lado volteaban a verla. Estaba acompañada de un joven bien vestido; un fresita de porte elegante. Uno de esos mamoncitos recién afeitados, con el cabello impecable, con camisa de marca color rosa salmón y un saco Armani. Fui y la saludé personalmente; ella me presentó a su acompañante. Fue muy amable y jovial; un poco sobreactuado, como aparentando una sorpresa al encontrarse con alguien que realmente apreciaba. La verdad era que a pesar de esos dos arrimones que nos dimos, no nos agradábamos mutuamente, sin embargo, algo había. La muy desgraciada no paró de coquetearme todo el resto de noche. Yo estaba recargado en la barra del bar conversando con un camarada y ella no paraba de verme y de mandarme sonrisas desde su mesa. Ella estaba sentada a la mitad del salón y me quedaba de frente. Cada que su acompañante se descuidaba, me lanzaba sus miradas insinuantes. En una ocasión se acercó a la barra para comprar una cerveza y de modo intencional restregó sus pechos sobre mí espalda, yo volteé y la miré con una sonrisa amistosa, y ella se disculpó por lo sucedido. Después caminó de nuevo hasta su mesa, volteando ocasionalmente para cerciorarse que la estaba siguiendo con la mirada. Le encantaba encarcelarme en su jueguito de seducción y yo caía como un estúpido cada vez que ella lo intentaba. Lanzaba el anzuelo con la carnada y tiraba lentamente de la cuerda. Al final se fue con su acompañante. Antes de salir del bar, cuando estaba en la puerta, volteó nuevamente hacia mí y me arrojó un beso con la mano.

No la volví a ver hasta diez años más tarde, a la entrada de un supermercado. Había subido de peso nuevamente. Tenía como cuarenta libras de más. Llevaba unos pantalones deportivos ajustados grises, con dos franjas rojas a los costados y una camiseta blanca de algodón que no disimulaba su

35

prominente barriga. Su cuello estaba adornado por una gruesa papada con verrugas, y fumaba profusamente, con cada chupada jalaba medio cigarrillo, echando humo como un chacuaco. Empujaba un carrito de mandado lleno hasta el tope de productos y tres chamacos correteaban a su derredor. Me saludó de mala gana, un poco amargada, al parecer estaba de mal humor. Me acerqué y le dije hola. No la toqué, pero pude estar lo suficientemente cerca para apreciar el olor a alcohol y cigarrillo que flotaba a su alrededor. Era un lunes a las diez de la mañana ¡Maldita sea! No dio detalles de su vida, sólo movió la cabeza, masticó un par de palabras devolviendo el saludo y continuó su camino seguida por los tres escuincles. Nunca más la volví a ver. Recuerdo aquel día de mi primer encuentro erótico fallido —por así decirlo— con la Cachi, cuando se fue con el Orejón y me dejó todo encendido en aquel cuarto de juegos en la casa del Chori. Yo no sabía qué hacer, me quería ir a casa, pero me daba no sé qué dejar a mi camarada tirado en el suelo como una basura. Y fue muy bueno que me quedé a cuidarlo, porque luego empezó a vomitar y se puso bien grave. Tuve que hablarle a su mamá y se lo llevaron al hospital en una ambulancia. Ya mero se nos iba para el otro lado esa noche. Pero era árbol torcido mi camarada. Tres años más tarde, lo encontraron en una casa abandonada del barrio todo tieso con una jeringa encajada en el brazo izquierdo.

Capítulo 3

Recuerdo que todos los viernes la pandilla se reunía en su casa y nos poníamos a escuchar música a todo volumen. Su papá era ingeniero agropecuario. Era un ranchero sombrerudo con sus botas de avestruz, su camisa a cuadros, y su bigote grueso. Tenía un cinto piteado que hacía juego con su cartera. Llegaba como a las once de la noche con sus amigos vaqueros y nos ganaban con la grabadora y ponían su música; y bailaban banda en el patio de la casa con sus esposas chichonas y nalgonas. Y traían cajas de cerveza y botellas de Tequila y de licor fuerte. Los viejos vaqueros se burlaban en buena onda de los chamacos con los pelos parados y les gritaban: ¡Queremos Rock! Y se tomaban fotos con nosotros. La pandilla les robaba la cerveza y ellos se hacían como que no se daban cuenta, pero al rato, ya nos miraban todos borrachos. Y ya punto pedos los chamacos se unían al enemigo y acababan bailando: "Triste Recuerdo", de Antonio Aguilar. Y luego ya más alcoholizados cantaban con mucho sentimiento, con los pelos parados y su camisa de G.B.H., las canciones de: "Las Nieves de Enero" de Chalino Sánchez y "Tragos de Amargo Licor" de Ramón Ayala.

El funeral del Chori fue de lo más triste que me ha tocado ver. Fue de los pocos amigos que de verdad llegué a apreciar. Fue mucha gente. Sus padres lloraban desconsolados y alzaban los brazos al cielo en busca de consuelo. El trágico incidente tuvo un efecto devastador en la familia. Es horrible admitirlo, pero aquella muerte fue la consecuencia de una serie de sucesos que fueron dando forma al desenlace fúnebre de aquel desafortunado adolescente. Él era un chico que había sido consentido en exceso, debido a un intento por cubrir las faltas de sus padres. El padre en cuestión era asiduo a la fiesta, al exceso y a todo lo que aquello conlleva. Llevaba tras de sí, un historial interminable de infidelidades que habían fracturado su relación matrimonial de un modo irreparable. La madre, por su parte, soportó de modo estoico las primeras envestidas de dolor que le provocaron dichas infidelidades. Sin embargo, con el tiempo, sucumbió ante esa válvula de escape que representaba el alcohol. Esto sólo vino a empeorar una situación por demás viciada en la depravación. Ella misma, bajo el desenfrene del vicio, calló en las infidelidades que tanto daño habían causado a la familia. Las peleas intensas se incrementaron. Ellos pretendían de algún modo reparar los daños realizando largos viajes de vacaciones exóticas familiares, o sustituyendo la mala comunicación con regalos. Pero nada lograba mitigar el dolor de sus vidas.

Mi amigo estaba en medio de todo esto y experimentaba de modo directo los sinsabores de la disfuncionalidad familiar. La falta de atención era sustituida por regalos caros y dinero en exceso que le dieron una ruta fácil hacia el mundo de las drogas. Cuando vinieron a ver, la situación ya se había salido totalmente de sus manos. Los padres no pudieron encontrar un modo de contener sus propios demonios, e irremediablemente, los heredaron a su hijo, quien tuvo que pagar una cuota mortal. Sus padres se divorciaron un año después de su muerte. Su madre ingresó a un grupo de alcohólicos anónimos y después se integró a una iglesia cristiana. Logró juntar las piezas rotas de su vida; encontró una estabilidad espiritual y emocional, y nunca más se volvió a casar. Su padre se fue de la ciudad a vivir en un pueblo del sur. Se pasó el resto de sus días entrando y saliendo de centros de rehabilitación. Nunca logró controlar su lado oscuro, fue víctima de sus inestabilidades una y otra vez. Hace un par de años sufrió un accidente que le costó la vida. Él estaba parado con su auto en un semáforo cuando un conductor ebrio se estrelló en el costado del conductor. Los autos quedaron destrozados; fallecieron tres personas en el incidente. Él Chori tenía una hermana tres años menor. Ella era una niña dulce de cabellos rizados y oscuros, tez morena clara, y una mirada negra y profunda. Su nombre era: Eleonor.

Dentro de la música, tenía un compañero de crimen que carecía de talento al igual que yo. Su nombre era Tony González y vivía a seis calles de mi casa. Nunca nos agradamos en realidad, lo único que nos unía era la música. Si Lennon y McCartney nos hubieran escuchado como interpretábamos los temas de los Beatles se hubiesen suicidado ipso facto. O nos hubieran mandado a la silla eléctrica; una de dos. La verdad es que éramos terribles en la guitarra, pero estábamos conscientes de ello. Sólo nosotros nos soportábamos. Éramos cómplices en nuestro nulo talento, pero no podíamos evitar el ser seducidos por la gloriosa contemplación de las notas musicales que nos atrapaban irremediablemente en nuestra patética adolescencia. Y cantábamos desafinados, a destiempo, fuera de tono, pero con un sentimiento que haría llorar a la virgen. Y tomábamos cerveza hasta el amanecer, soñando con que algún día grabaríamos un disco, y la gente se volvería loca por vernos, y seríamos ricos y famosos. Y las mujeres nos perseguirían por las calles con sus brazos extendidos, llenas de lujuria y deseo. Y tomábamos más cerveza y los sueños se volvían más y más estúpidos.

Tardábamos una hora en afinar las guitarras, y eso era, si corríamos con suerte y no se reventaba alguna cuerda. Después, tardábamos quince minutos en decidir que canción tocar. Solíamos elegir canciones sencillas, con pocos acordes — mayores en su mayoría— y no muchos cambios, para no complicarnos la vida. Aun así, batallábamos para ponernos de acuerdo cual tocar. Había una especie de pacto de tolerancia entre los dos. Estábamos conscientes de nuestras limitaciones y tratábamos de apoyarnos mutuamente. Era una relación de amistad compleja. En realidad, no sé si en verdad era amistad. Sólo nos unían dos cosas: la música y nuestro nulo talento. Nunca hablábamos de cosas que no fueran relacionadas con la música. Nada de conflictos personales o puntos de vista políticos, sociales, o religiosos. Él era hasta cierto punto un individuo apático. Era un tipo solitario como yo, sin embargo, hasta él tenía su grupo de amistades con los que podía identificarse plenamente. Bebíamos cerveza y fumábamos hierba porque todo mundo lo hacía. Ya entrada la noche, yo me retiraba a mi casa cargando con la guitarra a las espaldas.

Me he quedado dormido. Aún está oscuro allá afuera. Los perros del vecino están ladrando. El reloj de la cocina marca las cinco. Debe ser de madrugada, porque en verano el sol se pone como a las siete y media de la tarde. Ya van a ser veinticuatro horas que estoy aquí tirado en el piso de la cocina. Ayer fue un día caliente; sudé un poco a medio día. Me dieron ganas de orinar como a las once de la mañana. No pude recolectar mi orina, debido a la posición en que me encuentro, mi movilidad es muy limitada. Siento un poco de sed y tengo hambre. La sed y el hambre no son intolerables aún, creo que en unas cuantas horas las cosas pueden cambiar de modo radical. Me está empezando a doler la cabeza. El estómago me está empezando a doler también, pero lo peor aún no comienza. Eso lo sé.

Recuerdo que era el último semestre de preparatoria. Las cosas en las calles dieron un giro violento. Era una etapa de cambio, de transición. Era el momento de definir destinos y elegir caminos. Los chicos elegían bandos y estaban dispuestos a cometer errores que en ocasiones les cambiaba la vida. Las drogas y la violencia se habían apoderado del barrio. El crimen se incrementó de manera apabullante. El barrio se fue convirtiendo en un lugar menos seguro y hostil. Yo estaba saliendo con una chica de nombre Alejandra. Habíamos estado en una relación intermitente por un año entero. Ella iba a la misma escuela que yo, sólo que un año más abajo. Fue de mis primeros encuentros físicos. Sus padres no me aceptaban del todo, puesto que se habían escuchado rumores de mi errático comportamiento en su casa. Sin embargo, me daban el beneficio de la tolerancia.

En las primeras semanas del verano se organizó un evento en la comunidad con el fin de contrarrestar la violencia y tratar de unificar los grupos contrarios. Se acondicionó un parque público con una plataforma de madera donde tocarían bandas juveniles locales. Se cerraron varias calles aledañas al parque con cordones amarillos de plástico de la policía. Se instalaron baños portátiles a las orillas del parque. Se instalaron botes de basura por todos lados. Se construyó un elaborado escenario con la ayuda de artistas de grafiti local. Se instalaron puestos de venta de comida y bebidas. El equipo de sonido era impecable. Se implementaron fuertes medidas de seguridad, debido a la violencia existente en los barrios de los alrededores. Todo estaba listo para que el sábado a medio día de aquel caluroso verano se llevara a cabo el magno evento.

Yo había terminado la escuela preparatoria un par de semanas atrás. Aún estaba tratando de decidir mi futuro. Estaba inclinado hacía una carrera de administración, pero aún no decidía a que escuela asistir, si a la universidad del estado o a una privada.

El evento dio inicio a las tres de la tarde con presentaciones de grupos de bailes folclóricos y rondallas de las escuelas secundarias de la comunidad. A esa hora había un público en su mayoría de adultos que llevaban a sus hijos a las presentaciones. Conforme fue bajando el sol fueron arribando los jóvenes. A las seis de la tarde tocó el primer grupo juvenil. Era una banda de fresitas de un barrio de clase alta al que nadie hizo caso. Cantaban sus canciones en inglés los muy mamones. Le siguió un grupo que tocaba canciones de Rock de los setentas. Fue bien aceptado por los jóvenes. Los grupos de Rock más violento habían sido programados para más tarde.

Yo arribé como a las cinco y media de la tarde, iba acompañado de Alejandra y de Tony. No era un buen día para mí. Se me había acabado el medicamento para la bipolaridad una semana antes y estaba un poco fuera de mí. Me sentía irritable y me dolía un poco la cabeza. Me sentía un poco temeroso de tener un episodio de desbalance emocional. Había consumido alcohol y hierba y mis pensamientos estaban inestables.

El parque estaba lleno, había más de dos mil personas, que era bastante por ser un evento de barrio. La tarde había transcurrido de modo pacífico. Sólo se presentaron un par de amenazas de bronca que fueron controladas por la fuerte seguridad que imperaba. Y un par de borrachos que se liaron a golpes, pero de inmediato fueron consignados por las autoridades. La intensidad de la música se iba incrementando con el transcurso de las horas.

Había un par de bandas que tocaban al estilo de Ruido Compulsivo. Que era un subgénero de Rock duro que consistía básicamente en una o dos progresiones de acordes mayores o menores sobre una base de percusiones repetitivas con muy pocos rellenos. Era una música minimalista y repetitiva con influencias de Rock de garaje de los sesentas, Punk, y un toque electrónico. Un estilo de música patético para mi gusto. Con bandas como: Distopía Solipsita, Factor Genio, Grito de Repudio, Que no Culpen a Nadie de Mi muerte, y Hazlo que Parezca un Accidente.

Estaba tocando un grupo de Rock duro llamado "Factor

Genio" cuando Alejandra me pregunta: ¿Qué te parece esta banda Úrsulo?

Yo le respondí un poco excitado por las substancias consumidas: —Mira nena te lo voy a confesar, todas esas banditas de segunda con sus payasos disfrazados de rebeldes de pacotilla no son más que una copia barata y mal hecha de las bandas gabachas. De hecho, todos los artistitas Pop —y por Pop me refiero a todos los géneros musicales copiados a los anglosajones, ya sea: Rock, Rap, Jazz, Pop, o cuanta madre— que existen saliendo de la frontera de Tijuana, incluyendo toda América Latina, Europa, y el resto del mundo, no son más que eso, una copia burda y mal hecha de los artistas anglosajones. No son más que una bola de payasos copiones, la neta.

Eran aproximadamente las diez de la noche, cuando subió a la plataforma una representante de la organización estatal encargada del evento. Se colocó un podio a la mitad de la plataforma y la mujer habló por espacio de veinte minutos. La multitud se portó amable y agradecida por el evento. Yo estaba parado debajo de la plataforma al lado de las escaleras, cuando una mujer pasó a mi lado cargando una caja con documentos. Al subir las escaleras se tropezó, yo la ayudé para que no cayera al suelo y después cargué la caja de documentos que ella llevaba hasta una mesa que estaba recargada contra la pared de la plataforma. Estaba a punto de bajar de la plataforma cuando ella me dijo al oído. —Te puedes esperar un poco. Necesitamos a alguien que hable por los jóvenes y tú puedes ayudar con eso—. Yo estaba un poco intoxicado y no sabía que decir. Sólo me quedé a su lado a la expectativa de lo que pudiese suceder.

La mujer delante del podio estaba por terminar su discurso cuando me preguntaron mi nombre. Todo pasó de un modo tan repentino que pareció irreal. La mujer del micrófono dijo: —Nos gustaría escuchar sus voces; queremos saber lo que piensan los jóvenes. Y por ello hemos invitado a Úrsulo Morales, para que nos exprese sus pensamientos.

La multitud comenzó a aplaudir de un modo surrealista.

Hay momentos que nos definen, que nos marcan por siempre. Esa tarde sentía que la adolescencia estaba a punto de llegar a su fin y yo decidí exterminarla de un solo tajo. Mientras iba caminando al podio surgió en mi la llamada de un ángel perverso. Una nube oscura de venganza surcó por la inmensidad de mi pensamiento, y el llamado al caos y a la brutalidad aulló en mis entrañas. Unas ansias de provocación, de incitación; una invitación al estallido. Un pequeño suicidio momentáneo masificado. Quería experimentar una reacción en la multitud. Quería verlos despertar, aunque fuera por un sólo instante. Que salieran de sus miserables y patéticos abismos existenciales.

Me puse delante del micrófono y coloqué mis manos sobre el podio de madera. La multitud estaba silenciosa. Eché un vistazo a las primeras filas y miré las caras de Alejandra y Tony sorprendidos y atónitos. Algunos de los que me conocían de modo personal estaban regados por el mar de caras y los identificaba por su expresión de sorpresa. Al principio estaba nervioso, pero me fui sintiendo más seguro a cada momento. Dejé que las palabras fluyeran de un modo natural. Tenía que dejar salir a mi bestia para enfrentarlos a todos de una buena vez. De cierto modo sentía que había esperado aquella oportunidad toda la vida.

—Buenas noches a todos. Comprendo que esta es una noche dedicada a la juventud. Hay ciertas observaciones que me gustaría hacer acerca de lo que somos. Hay cosas que escucho entre ustedes que en realidad me tienen hasta cierto punto intrigado. Se habla en las calles de integridad, de respeto, y de sinceridad. Pero eso sólo son palabras, porque las acciones demuestras todo lo contrario. La integridad se ve opacada por la traición y la falta de honestidad. El concepto de respeto es un sinónimo de temor en las calles. Para que te respeten tienes que infringir temor por medio de la violencia. Y la sinceridad es algo que no existe. Se puede aceptar lo grotesco y lo ridículo como una expresión artística o como una extensión de la belleza misma. Sin embargo, no se puede tolerar la arrogancia y la estupidez, que es lo que realmente impera entre la juventud. Ahora, la intolerancia y el rechazo ante todo lo que no forma parte de sus gustos es lo que determina sus acciones. Y son fácilmente manipulables por sus moditas estúpidas. Su rechazo hacia los regionalismos y su entrega total, cobarde, y malinche ante las influencias de otras culturas es hasta cierto grado vergonzoso. Delata su educación deficiente y la falta de respeto a sus padres y a sus antepasados. Hablan de abolir su propia cultura, pero adoptan otras culturas ajenas y se disfrazan con sus uniformes de rebeldes de pacotilla y claman libertad, sometidos a modas ridículas, impuestas por empresas de ropa y música. Y se creen muy "originales" vestidos todos iguales, como en un cuadro de Andy Warhol que se repite una y mil veces delatando la masificación automatizada del pensamiento. Y se entregan a esos grupitos musicales de revoltosos que juegan al héroe revolucionario, pero ellos mismos son peones de la industria musical. Héroes de pacotilla, falsos, hipócritas, ídolos con pies de barro. Y allí van como borregos a comprar espejitos, con sus boletitos de concierto en la mano, todos en fila al matadero, con su indumentaria de inconforme y sus pensamientos prefabricados. Y saltan como orates ante los ritmos repetitivos e incesantes que los enajenan y los convierten en adictos y fieles consumidores de una empresa que se burla de ustedes en su cara. Y no se dan cuenta que todos cantan las mismas canciones una y otra vez. Y en su estupidez, piensan que mentándole la madre a un puto presidente van a cambiar a un país o al mundo. No se dan cuenta que con sus gritos nunca han cambiado nada; solo son berrinches improductivos y vacíos. Y esos grupitos musicales de rebeldes de pacotilla sólo los utilizan para enriquecerse a costa de su estupidez; de su fanatismo; de la apatía que sienten por él cambio verdadero. Todo esto es claramente una estrategia neoliberal. En los discursos se habla de una civilización tipo 1 la cual se caracteriza por el multiculturalismo. Pero lo que en realidad significa, es el tratar de establecer claramente la hegemonía de la cultura anglosajona sobre las demás culturas. El inglés es un lenguaje universal, el Rock y el Hip Hop dominan la escena musical, la moda de USA domina las pasarelas, los modelos económicos de USA dictan la conducta de los mercados. Entonces, no hay multiculturalismo, sino un control de las economías dominantes sobre las demás. En las cuales se enfatiza en la individualidad y el consumo para acribillar el pensamiento crítico y, como consecuencia: crear individuos más manipulables, como lo son todos ustedes. ¿Será que al aceptar la propagación del Rock y del Hip Hop nos estamos alienando a los dictámenes neoliberales establecidos décadas atrás? ¿Será que al apoyar los regionalismos estamos oponiéndonos de modo rebelde a la globalización? Visto de ese punto de vista, La banda MS o el Recodo, resultan más rebeldes que Los Sex Pistols. Ahora, no se tratar de esparcir sentimientos xenofóbicos, sino al contrario, estar abiertos a otras culturas, sin desdeñar la propia que es la que ha pertenecido a sus padres y a sus antepasados. El conservar un pensamiento libre de elección sin llegar al enajenamiento; y participar de la riqueza cultural que se nos ofrece. El ser una mente crítica capas de discernir la compleja realidad que se nos presenta; porque el mundo es un lugar cada vez más complicado; cada vez más hostil. El no someterse al dictamen establecido por el estatus quo. El despertar de una vez por todas ¡maldita sea!

La multitud se quedó en estática, y en silencio. Entonces decidí retarlos un poco más: — ¿Qué ha pasado? ¿se han quedado sordos de tanto ruido? ¿O no han podido procesar lo que les he dicho?

Entonces estalló el infierno. Se escucharon gritos: ¡Bajen a ese cabrón de allí! ¡Tú siempre con tus pendejadas! ¡Saquen a ese loco! Después, comenzaron a arrojar proyectiles a la plataforma. Un grupo de revoltosos subió hasta la plataforma y comenzó a golpearme. Tuvieron que intervenir los policías para que no me lincharan. Ahora la turba estaba enloquecida. Se despertaron viejas rencillas entre las distintas pandillas y todo aquello se convirtió en una lucha campal. Perdí de vista a Alejandra y no supe lo que pasó con ella.

Un policía tuvo que llevarme a casa en su patrulla para que no me atacaran. El policía se portó amable conmigo y trató de sacar conversación: —Tengo que admitir que lo que hiciste allá fue algo valiente. O tal vez fue algo estúpido, no lo sé. Pero me lograste impresionar un poco. ¿De dónde sacaste todas esas ideas? Un chico de tu edad no piensa de ese modo por lo general.

—Cosas que he leído por aquí y por allá. Pero la idea es ir en contra de la corriente. Caminar en dirección opuesta a los borregos. La verdad, sólo quería expresarme de una buena vez —dije lacónico.

—Mira muchacho, en un país como este, uno tiene que aprender a comer mierda sin hacer gestos —dijo el policía tajante.

Yo le pregunté: —Disculpe señor oficial, pero, ¿no cree usted que tal vez esa sea la razón por la cual el país está hecho una mierda?

El oficial sonrió: —Eres valiente muchacho. Y los valientes en un lugar como este acaban en la cárcel o en el cementerio.

—O en el manicomio —espeté.

—Como sea; tú eliges —dijo el oficial.

— ¿Y en verdad puede uno elegir, o tiene uno que dejar qué los demás elijan?

47

El oficial se exasperó un poco: — ¡Con un demonio chamaco! contigo no se puede; no hay por dónde. ¡Con razón no tienes amigos cabrón! Te acaban de meter una chinga y tu aferrado con lo mismo —el oficial guardo silencio para después agregar—. Eso me gusta, eres duro. Pero sólo harás las cosas más difíciles para ti.

—Sí. Eso ya lo sé —concluí.

Al llegar a casa, el oficial tocó a la puerta y mi madre salió en bata de dormir toda asustada y preguntó angustiada: — ¿Qué sucede oficial? —. El oficial le explicó la situación con lujo de detalles, y le informó que había corrido con suerte al no ser acusado por incitación a la violencia en vía pública. Ella se llevó la mano derecha a la boca y me lanzó una mirada de desaprobación meneando la cabeza de lado a lado lentamente. Yo caminé directamente hacia la puerta de entrada de la casa, sin atreverme a mirarla a los ojos. Ella no hizo el menor intento por voltear a verme, mostrándome claramente su enfado. El policía le advirtió de las precauciones que deberíamos tomar por posibles represalias futuras.

Caminé directo al cuarto de baño para lavarme la cara. Me miré por primera vez en el espejo desde el incidente. Tenía los ojos morados, la boca reventada, y la nariz hinchada. Además, tenía moretones por todo el cuerpo. Mi pupila estaba enrojecida y me dolía la córnea, toda ella. Sin embargo, se dibujó en mi desfigurado rostro una sonrisa maléfica de satisfacción. A final de cuentas, sentía que había triunfado: ¿qué significaba en realidad unos cuantos golpes bajo la gloriosa expresión del caos? Había logrado romper con mis palabras el mar de hielo de la multitud; así como dijo Kafka.

Salí del cuarto de baño y fui a sentarme en el sillón de la sala para esperar a mí madre.

Ella caminó por el pasillo a paso lento, pero firme. La expresión de su rostro era seca e inflexible. Estaba furiosa. Sus manos estaban empuñadas y se percibía un leve temblor en ellas. Sin embargo, no estalló en gritos, ni chillidos; se contuvo estoica. Y con su voz firme, pero serena; inquisidora, pero calculadora, comenzó su discurso: ——¿Qué no te lo advertí?

—Sí —respondí tímido.

—Silencio —dijo tajante.

Respiró profundamente para contener su furia y no estallar de una vez por todas, y continuó con su discurso: — Espero que te sirva de lección. Espero que hayas aprendido. Yo sabía que tarde o temprano llegaríamos a este punto. Y de cierto modo estoy agradecida de que no ha sido algo peor. Nada bueno se podía esperar de ese grupo de amigos que estabas frecuentando últimamente. Y esa conducta tan desordenada que se apoderó de tu persona; era como si fueras otro; un desconocido. Pero opté por ser prudente y dejar que las cosas siguieran su curso normal y ya ves hasta donde hemos llegado. Pero esto no puede continuar así, se tienen que tomar decisiones drásticas. Este estilo de vida no es para ti; esa no es la forma en que te he educado. Todo es la culpa de esa música, de esos amigos, de esa forma de vestir.

Yo volteé desafiante y la miré de frente: —No madre. No es la culpa de la música, ni la forma de vestir, ni de las amistades. Soy yo... Yo soy el único responsable de esto. Yo que no encajo en ningún lado. Ya intenté una vez más, pero fue inútil; simple y sencillamente no pertenezco. Y está bien madre, se harán las cosas como tú digas. Yo estoy consciente que me has apoyado hasta el último momento, a pesar de que no estabas de acuerdo con todo esto desde el principio, pero te agradezco que me permitieras intentarlo. Pero ya no importa, ya me da lo mismo. Me puedo deshacer de la ropa mañana mismo. La música si me la quedo, porque ella no tiene la culpa de nada. Además, es el único rincón en donde encuentro un poco de consuelo. Creo que eso lo podrás comprender.

—No hijo, no digas eso —dijo ella con un tono de voz cambiado, ya más calmado, claramente entristecida—. Me preocupa que pienses así. Ya encontrarás otro grupo de amigos con los cuales te identifiques. Lo que pasa es que aquí las cosas están mal y tú lo sabes. En estos momentos hay mucha droga y mucha violencia en estas colonias. Los muchachos andan perdidos y los padres no saben qué hacer con ellos. Yo he platicado con varios padres de familia y están desesperados, ya no saben qué hacer para ayudar a sus hijos. Yo solo quiero ayudarte para que salgas adelante. Pero tienes que sacarte esos pensamientos negativos de la cabeza que no te llevaran a nada bueno.

— ¿Y cuáles son tus planes madre?

—Mira hijo, tengo una prima que vive con su esposo a cuatro horas de aquí. Aún estas a tiempo para entrar a la universidad allá. Puedes vivir un tiempo con ellos, en lo que las cosas se calman por acá.

—Está bien madre. Yo también creo que un cambio de aires me sentará bien.

A la mañana siguiente, llamé a Alejandra por teléfono a su casa. Me contestó su mamá y la noté un poco cortante. Sin embargo, fue lo suficientemente amable para comunicarme con su hija: —Hola Alejandra, tenía ganas de hablar contigo —le dije.

—Sí. Qué bueno que me llamas, porque yo también tengo que hablar contigo.

— ¿De qué se trata? —pregunté intrigado.

—Lo que pasa es que mi madre se ha enterado de todo lo que pasó ayer y habló conmigo —dijo ella con voz seria.

— ¿Y qué fue lo que te dijo?

—Me dijo que ya no quiere que te vuelva a ver. Ya no quiere que salgamos, ni que vengas a mi casa. No quiere saber nada más de ti. Piensa que eres una persona peligrosa para mí —

sentenció.

Yo me quedé sorprendido: — ¿Y tú qué piensas?

—Yo pienso que ella tiene razón. Creo que eso es lo mejor. Mira, hoy voy a salir a un viaje con mis padres fuera de la ciudad. Estaremos fuera un par de días. Esta será la última vez que hablemos. Te deseo suerte. Adiós.

Después de despedirse, colgó. Me quedé en shock por un momento. Era algo que no me esperaba. Pero me recuperé rápido. Con el tiempo había aprendido a ser fuerte ante este tipo de decepciones. Pero no puedo negar que me dolió profundamente, me estaba empezando a acostumbrar a esa chica. En ocasiones la encontraba por la calle y siempre tratábamos de evitar el contacto de nuestras miradas. Era algo incómodo para ella y para mí, pero teníamos que vivir con eso. Una vez, hace aproximadamente quince años, la encontré a las afueras de un cine. Ella iba acompañada de su esposo y de un niño de diez años. Antes de subir a su auto volteó, se me quedó mirando fijamente y sonrió. Después, me dijo adiós con su mano derecha. Era su forma de aliviar aquella diferencia. Nunca más la volví a ver.

51

Capítulo 4

Ese verano me mudé a vivir con los parientes de mi madre y me matriculé en la universidad del estado que se encontraba en aquella ciudad. Me decidí por la carrera de administración pública. Dure dos años en aquella ciudad, solo iba los días festivos y los veranos a casa. En el tercer año tuve que regresar a casa, porque mi madre estaba experimentando complicaciones con su enfermedad de diabetes. Los dos últimos años de carrera los hice en mi ciudad y al mismo tiempo conseguí un trabajo de medio tiempo en una empresa de almacenes a nivel nacional. De ese modo pude empezar con mis ahorros de manera temprana.

La gente ya se había olvidado del incidente de un par de años atrás. Este es un país sin memoria. Si el pueblo se olvida de las masacres y los abusos ¿sistemáticos? del gobierno; porque no habían de olvidar ese desliz emocional que tuve un tiempo atrás. La verdad era que el barrio estaba en sus peores momentos. Algunos de los jóvenes de mi generación habían podido ser rescatados de las garras del vicio y de las pandillas por sus padres, y ahora asistían a la universidad o ya habían terminado sus carreras. Pero otros, muchos de ellos no corrieron con tanta suerte y continuaban atrapados por la parte negativa del barrio.

Yo me había convertido en un ser antisocial. ¿No sé por qué? en el último semestre de mi carrera, me relacioné con un

53

grupo autodenominado de libres pensadores. Tal parecía que todo aquello que llevaba la palabra "Libre" me seducía de cierto modo. Pero sólo me significó otra decepción más. Creo, que mi fe en la gente aún no moría del todo; hecho que ocurrió un poco más tarde en la vida.

Más que libres pensadores eran una parvada de mamones. Sólo aceptaban a los que pensaban como ellos, a los que escuchaban la música que ellos escuchaban, a los que se vestían como ellos se vestían, y a los que hablaban lo que ellos querían escuchar. En más de una ocasión los confronté y les dije sus verdades, hasta que me expulsaron de su grupo. Con el tiempo transportamos nuestros pleitos a las redes sociales, y permanecimos unidos por el odio. Creo que, en la época postmoderna, el odio llega a ser un elemento de unificación más poderoso que el amor. Sólo hay que ver el discurso cibernético que está plagado de hostilidades de racismo y de odio para darse cuenta. Pero todo aquello me cansó y terminé por cancelarlo.

Ellos solían leer a los nombrados Poetas del Repudio, tales como: Ernesto Alvarado, Chucho García, Evelina Montoya, y Pablo Camacho, entre otros.

Mi madre falleció a las tres semanas de mi graduación de la universidad. En el velorio de mi madre, fue la última vez que miré a mi padre con vida, puesto que murió dos años más tarde, en la ciudad en la habitaba desde hacía varios años. Heredé lo ahorros de mi madre y la vieja casa de mis abuelos. Mi situación económica nunca me significó un problema. Mis problemas eran de otra índole.

Era un joven ermitaño que sólo iba del trabajo a la casa. No tenía vida social en lo absoluto. para ser sincero, las convivencias me provocaban malestar. En el transcurso de los años tuve un par de relaciones de pareja con desenlaces poco agradables. Sin embargo, lo intentaba, sólo que las cosas no salían bien.

En una ocasión, conocí a una chica que venía de uno de los estados del sur, no me acuerdo de donde, de Chiapas o de Quintana Roo, no sé, que para el caso es lo mismo. Su nombre era Zulema, así nada más, era como una de esas celebridades de un solo nombre como: Madona, Ronaldo, Capulina, Tintan, Cantinflas, o Pelé. Fumaba como un desquiciado y paradójicamente iba al gimnasio todos los días. Era muy popular entre la gente y tenía muchos amigos por toda la ciudad. Su cara era de una expresión recia, con la mandíbula bien definida y los labios gruesos. Era madre soltera y no tenía familia en la ciudad. Tenía un niño de siete años, a quien adoraba como a nadie más en el mundo. Era morena y tenía su cuerpo duro como una piedra, al igual que su corazón. Le gustaba salir a bailar los fines de semana. Cuando se movía, le salía fuego de aquellos ojos negros, como la desgracia.

A mí nunca me ha gustado bailar, así que aquello representaba un pequeño problema en nuestra relación. A pesar de todo pasamos buenos ratos juntos; tratábamos de agradarnos el uno al otro. Para mí representó un gran esfuerzo, pero lo tomaba como un ejercicio de integración; sólo así pude lograr que aquello se extendiera por seis meses. Pero las cosas no funcionaron como de costumbre. Resultó que la mujer tenía unos conceptos torcidos acerca de lo que una relación de pareja debe ser. O tal vez sus ideas no se complementaban con las mías. Y es que, a pesar de todo, fui educado de un modo conservador en cuanto a relaciones de pareja se trata.

Un buen día que caminaba por el centro de la ciudad, la sorprendí saliendo de un motel barato de la mano de un catrín musculoso. Ella no me miró. Yo me oculté detrás de un poste de luz y miré como atravesaban la calle para subirse al auto del tipo. Después de un par de besos apasionados, se puso en marcha el motor del auto y se perdieron calle abajo.

Yo tomé todo aquello como el final. Borré su número

telefónico y no contesté sus mensajes. No la llamé más, ni me presenté por su casa. Dos semanas más tarde, ella llegó hasta mi casa y tocó a la puerta. Yo no la esperaba, así que al abrir la puerta me sentí un poco sorprendido. Ella me dijo: — ¿Qué pasa contigo? Te llamo y no contestas. Ya no me has buscado, ¿qué pasa?

Yo no sabía que decir, sólo le contesté lo primero que se me vino a la cabeza: —Te miré el otro día. Yo caminaba por el centro de la ciudad y te miré eso es todo.

Ella trató de negarlo todo al principio; — ¿De qué me hablas? No comprendo lo que me dices. Sé más claro, por favor.

— Pues, así como lo oyes. Te miré saliendo de un motel con un tipo, estoy seguro que eras tú —insistí.

Ella no cedió: —Yo no he hecho nada malo. De seguro me estas confundiendo con alguien más.

—No te confundí con nadie. Eras tú y bien lo sabes. Creo que las cosas así no funcionan conmigo. Yo tengo mi concepto acerca de las relaciones de pareja, y al parecer, esos conceptos no concuerdan con los tuyos.

Entonces su táctica cambió. El tono de su voz se transformó de la aparente confusión al desafió. Y al final se decidió a admitirlo todo con altanería. Y hasta se atrevió a intentar educarme en sus formas de pensar: —Mira, vamos a tomar las cosas con calma. No te voy a negar que hubo algo, pero fue tan solo un pequeño desliz. Y déjame decirte que las cosas son muy diferentes en estos días querido. ¿Pero, qué te pasa? ¿En qué mundo vives? ¿Que no te has dado cuenta? Yo no te pertenezco querido. Tú no eres dueño de nadie. Las cosas no son así, cada quien es libre de hacer lo que le plazca. Además, ni siquiera estamos casados. No te has dignado a proponérmelo. De hecho, quería hablar contigo de algo. Mira, las relaciones abiertas es lo que está de moda. Tú sales con otras personas y yo hago lo mismo, sin ataduras, ni reclamos, y todos contentos.

Creo que así no evitamos muchos problemas. La situación era por demás incomoda: —Lo siento, pero no soy tan moderno. Yo soy un poco más tradicional en cuanto a relaciones de pareja. Soy anticuado, lo ves. O tal vez no estoy preparado para eso. Además, con tanta enfermedad y cosas de esas que hay allá afuera, pues como que no me convence ese tipo de relaciones. En fin, no comparto tus ideas, y creo que será mejor que te vayas —comenté.

Pero ella no se marchaba sin luchar. Las personas infieles siguen ciertas etapas conductuales. Ahora la táctica de Zulema llegó a la etapa en que las mujeres se convierten en víctimas y se hacen las ofendidas: —Eres un anticuado. Es injusto esto que haces conmigo. Tu nunca me has expresado un verdadero interés en mi persona. Me has tenido muy descuidada, y ya ves las consecuencias. Tienes que entender que eso sólo fue algo sin importancia, somos libres. Lo podemos hablar y todo se puede resolver. Sólo tenemos que aclarar un par de puntos ciegos en la relación y seguiremos adelante. Creó que aún estamos a tiempo.

— ¿A tiempo de qué?

—De seguir con lo nuestro.

Ella me había hablado unos días atrás acerca de sus intenciones de moverse a mi casa con su hijo, y esto lo arruinaba todo. Por eso estaba tan insistente, no era por el gran amor que sentía por mí, ni mucho menos. Yo representaba un alivio momentáneo en su economía, y no estaba dispuesta a dejarlo ir sin pelear.

—Ya no hay nada de lo nuestro. No funciono bien en este tipo de situaciones. Lo siento —sentencié.

Después se tomó el papel de víctima de nuevo, se llevó la mano a la frente y fatalista comentó: —Siempre pasa lo mismo. Un hombre no puede respetar la libertad de una mujer. Ven a una mujer libre y les molesta.

Yo le respondí lacónico: —No. Te equivocas. Yo respeto tu libertad y mira nada más como la respeto que te la entrego enterita, para que hagas lo que quieras con ella. Tómala, llévatela a donde quieras, pero lejos de mí.

Ahora se tornó desafiante: —Tú no sabes que es libertad. Vives encerrado en tu miseria todo el tiempo. Eres un ermitaño, un ogro.

—Pues mira; vamos a ver. ¿Tú tienes un hijo verdad?

—Sí. Y es lo más importante que hay en mi vida, haría cualquier cosa por él —afirmó.

—Muy bien. Qué tal si tu hijo tiene una mujer. Y tú miras a esa mujer que cada fin de semana sale de un motel con un hombre distinto. Entonces, tu estarás orgullosa de tu hijo por respetar la libertad de su mujer ¿cierto? Ahora, cuando la mujer comience a aventar chamacos de todos colores y tu hijo los tenga que mantener; supongo que festejaras la diversidad. ¿No es así?

Ella estalló: — ¡Con una chingada! Eres un loco, te vas a los extremos. Sólo a un enfermo como tú se le ocurren esas cosas. Por eso estás solo.

Era un buen momento para la estocada final: — Entonces, eso quiere decir, que hasta una mujer de tu tipo tiene límites.

Sus ojos se llenaron de furia: — ¿A qué te refieres con eso de una mujer de tu tipo? ¿qué estás insinuando?

—Nada. Sólo digo a ese tipo de mujeres "Libres" como te gusta llamarlo. Pero en mi barrio le dicen de otro modo.

Ella se dio media vuelta y se marchó.

Pero la mujer no quitaba el dedo del renglón. Tenía un plan trazado y quería ejecutarlo a como diera lugar.

Unas semanas atrás, fui hilando una serie de sucesos que me llevaron a conclusiones desalentadoras acerca de aquella relación. En una ocasión ella fue a mi casa. No acostumbraba a llevar a nadie a casa; pero esa vez hice una excepción. Sólo estuvimos por espacio de media hora. Yo tuve que usar el baño y ella se quedó sola en la cocina. Después nos fuimos a su departamento para ver una película. Una semana después, estábamos en su departamento una vez más y ella salió a recoger una pizza y me dejó solo por quince minutos. Yo no soy de los que suele esculcar los cajones de las mesitas de decoración en las casas ajenas; pero esa vez miré algo extraño. A un lado del sofá, estaba una mesita de madera de pino pintada de blanco donde reposaba el teléfono. La mesita tenía un cajoncito que estaba medio abierto. Miré de reojo y descubrí un sobre que tenía mi nombre en el fondo del cajoncito. Lo tomé entre mis manos y me di cuenta que era una carta de mi banco con la información de mi cuenta de ahorros. Yo creía que se había perdido. Até un par de cabos sueltos y concluí porque ella se estaba portando tan diferente conmigo últimamente. Era más atenta y cariñosa y me había propuesto que viviéramos juntos, en mi casa. Esa misma tarde llamé al banco para que cambiaran mi número de cuenta de ahorros. Dividí el dinero en tres cuentas distintas. Dejé la carta donde estaba para que ella no se diera cuenta que la había descubierto. Tenía yo una curiosidad morbosa por saber hasta dónde podía ella llegar. Me volví más desconfiado aún; y así fue como descubrí su infidelidad.

Tres meses después de la ruptura me llamó a casa llorando: —Estoy desesperada y tengo a nadie más a quien acudir. Mi hijo está enfermo y necesito ayuda. Yo sé que hay bondad en ti y que tu corazón me puede brindar otra oportunidad. Siento mucho lo que pasó. Pero ahora te necesito.

Yo siempre he sido un desconfiado de lo peor: — ¿Y qué paso con tu amigo, ese con quien ibas saliendo del motel? — pregunté.

—Ya te dije que eso fue un error. Ya déjalo atrás por favor; no puedes estar viviendo en el pasado.

—Yo no estoy viviendo en el pasado. Vivo el presente.

Y el presente me dice que no puedo confiar en ti. Veras, en el pasado tu no me habías traicionado; en el presente sí. Ella optó por victimizarse y utilizar dos armas: el chico y las lágrimas: —No puedes hacerme esto. Estoy sola y mi hijo está enfermo como puedes ser tan insensible.

Yo me porté frío y distante. No iba a caer en su trampa: — ¿Sola? Tú que eres tan popular y tienes tantos amigos. En cambio, yo...yo no tengo a nadie. Sólo me tengo a mi mismo. Y hace tiempo decidí que estabas fuera de mi vida; no puedo dar un paso atrás, porque eso sería traicionarme. Y no me puedo traicionar a mí mismo; lo siento, soy lo único que tengo.

—Te estoy diciendo que no tengo a nadie. La gente siempre te da la espalda cuando tienes problemas —indicó ella entre sollozos.

—Al parecer en estos días es más fácil encontrar con quien acostarse, que encontrar alguien que te brinde ayuda. Bueno, la verdad, es que yo no sabría decirlo, porque para mí las dos cosas siempre han representado la misma dificultad. Pero, como ya lo dije antes: no puedo ayudarte.

Ella estalló en furia una vez más al ver que su plan no funcionaba: —Eres un desgraciado. No debí haberte llamado. Mi peor error fue haberte conocido —sentenció.

—Mira como son las cosas —dije sarcástico—. Yo difiero contigo en eso también. Yo creo que tu peor error fue haber nacido.

—Te vas a podrir solo —sentenció como una suerte de maldición.

Ella colgó furiosa. Nunca más volví a saber nada de ella.

Después de colgar sentí una amarga satisfacción recorriéndome la piel. Un cosquilleo doloso nació en mis entrañas y se extendió como una explosión de pequeñas agujas por mis piernas y mi pecho. Supongo que me excedí un poco. Un tanto cruel si se quiere ser juicioso. Sólo trataba de ser justo; a mi modo, claro está. Ella transgredió preceptos fuera de los límites, de mis límites para ser más precisos. Creo que apliqué mi derecho a la venganza. Y que no me vengan con cuentos los hipócritas y santurrones; basta ya de frasecitas estúpidas; de sentencias moralistas, y de sentimentalismos inútiles. Odio ser políticamente correcto. La venganza existe por algo, y todo mundo, en mayor o menor medida, la practican. Porque los seres humanos somos perversos por naturaleza, somos abyectos y malignos. Y duramos toda la vida luchando por dominar a esa bestia repleta de furia que nos acosa por dentro.

La lealtad es un bien que venero, más incluso que al dinero. La traición es un mal que detesto, más incluso que a la hipocresía. Aunque, las considero —a la traición y al a hipocresía— ramas de un mismo árbol.

A final de cuentas, no la culpo, estaba luchando por sobrevivir lo mismo que yo. Fue una lástima que todo se convirtiera en un campo de batalla. La pobre mujer se topó conmigo. No soy un hueso fácil de roer. Pero ella era dura y era fuerte, en realidad no me necesitaba, nunca me necesitó. Creo que quería tomar un atajo para descansar. Pero hizo las cosas mal desde el principio y eso le costó caro. Bueno, para ser realistas no fue tan caro; sólo era yo. Creo que corrió con suerte; una vida a mi lado hubiera sido un infierno de cualquier modo.

Si creyera en las maldiciones, la estaría culpando a ella de este momento por el cual estoy pasando. Pero la verdad es que el único culpable de mi situación soy yo.

Después de aquella llamada, no sé por qué, pero me dieron muchas ganas de tomar una cerveza. Entré al cuarto de baño para lavarme la cara y noté una gotera en la regadera. Yo no tenía la más mínima idea concerniente a la plomería. Pero una gotera sonaba como algo sencillo de reparar; así que decidí tomar cartas en el asunto. Cerré la llave de paso y desmantelé la regadera. Al lado de la tienda de autoservicio había una ferretería. Mataría a dos pájaros de un tiro. Cerveza y plomería que mejor combinación para pasar el resto de la tarde. La tienda de autoservicio estaba a cinco calles de mi casa. La tarde estaba cayendo y las calles estaban casi despejadas en un sábado de otoño. Soplaba una ligera brisa que daba amargas bofetadas de frío. Me estacioné en el centro comercial, delante de la tienda de autoservicio. Detrás de la tienda había un callejón que estaba lleno de drogadictos la mayoría de las veces. Noté una figura delgada que se aproximaba a mi coche. Era un tipo con pantalones de mezclilla holgados, una camisa de franela a cuadros rojos y negros, y un paliacate amarrado en la cabeza. Tenía una incipiente barba delimitando su delgada mandíbula y un tatuaje de una telaraña en el cuello. Fumaba un cigarrillo sin filtro.

No fue hasta que saltó delante de mi parabrisas con una franela húmeda para limpiar que lo reconocí. Era Carlos Ramírez, el tipo que me había corrido de su casa varios años atrás. Él y yo nunca nos agradamos. Era una de esas personas con las que nunca logra uno conectarse. Nos conocíamos desde el nivel preescolar y siempre tuvimos nuestras diferencias. Para mí siempre ha representado un reto tremendo el lograr una conexión con las personas; pero en algunos casos es simple y sencillamente imposible. Carlos era uno de esos casos. En más de una ocasión nos liamos a golpes a través de los años escolares. No lo había visto desde el incidente de su casa. Él no me había reconocido.

Escuché que había caído en las drogas. Sus padres lo habían corrido de casa varias veces. Él vivía un tiempo en la calle o con amigos, pero siempre regresaba a casa. Cuando terminó de limpiar el parabrisas se acercó a la ventana del conductor y me dijo sin verme: —Listo mi jefe. Deme para una soda—. Yo saqué un billete de la cartera y se lo extendí por la ventana. Él entonces me miró a los ojos de frente por un leve instante. Sus ojos estaban casi apagados, sus dientes amarillos y rotos, y olía a sudor rancio. No sostuvo la mirada, ni me saludo, se le veía una expresión de vergüenza y humillación en el rostro. Con la poca dignidad que le quedaba, tomo el billete y sin decir nada se dio media vuelta y se alejó en dirección del callejón. Lo seguí con la mirada y noté que alguien lo esperaba a la entrada del callejón.

Era la Nancy. La llamaban así porque imitaba con su atuendo a Nancy Spungen. Su nombre verdadero era Eduviges y venía de un rancho de Sonora. Se pintaba el cabello de rubio, el rímel negro abundante, los labios rojos, y el atuendo a lo Punk. Ahora se vestía como chola, con ropas aguadas y franelas de cuadros. Era como una versión de Nancy chola. Ella se había acostado con todos los del barrio. Estaba enganchada a la heroína desde la adolescencia. Decían que te daba un acostón por una cura. Yo nunca la traté por mi fobia a las enfermedades venéreas.

En ese momento, al parecer, era la mujer de Carlos. Se juntaban para robar, asaltar incautos, y comprar más droga. Vivían su concepto de Sexo, Drogas y Rock and Roll en versión apocalíptica. Sexo lleno de infecciones venéreas; Drogas sintéticas rebajadas y de mala calidad; y de su Rock and Roll mejor no hablamos. Decepcionante.

Sabía a donde se dirigían. A dos calles de ahí vivía el Poncho, quien era el vendedor de drogas oficial del barrio. Tenía todo bajo control. Los policías comprados, Los Narcos que le suplían la droga a buen precio; y un par de achichincles que lo protegían.

Me bajé del coche y fui directo a la ferretería. Tarde cuarenta y cinco minutos hablando con un empleado acerca de la gotera de mi regadera. Él me dio una explicación detallada de las causas y las posibles soluciones. Al final compré un par de partes y herramientas para realizar el trabajo. Después fui a la tienda de autoservicio y compré un veinticuatro de botellas de cerveza y dos paquetes de cigarrillos. Al salir de la tienda de autoservicio, noté que iba llegando una ambulancia al callejón trasero de la tienda. Al asomarme, noté que subían a Carlos en camilla a la ambulancia.

De regreso a casa, miré al Tony que iba llegando a su casa. Detuve el coche y lo saludé. Él me dijo que bajara que quería enseñarme su nueva guitarra. Yo le dije que tenía un veinticuatro de cerveza en la cajuela; entonces él me dijo que me apurara. La maldita regadera tenía que esperar hasta el domingo. Me bajé con las cervezas y él me invitó al cuartito que tenía detrás de la casa de sus padres y del que nunca se movió. Me enseñó su nueva guitarra una Ibáñez acústica, muy hermosa. Sacó su vieja guitarra y me la prestó; tardamos una hora en afinar. Tocamos por horas, como no lo habíamos hecho en años. Él había mejorado un poco y yo también, a costa de la constancia. Al menos podíamos tocar las canciones completas; de modo horrible, pero ese era nuestro estilo; nuestra marca en la música. Se nos acabó la cerveza y fuimos por más.

Cuando llegamos a la tienda de autoservicio vimos a Nancy sentada en la banqueta llorando. Nos acercamos para preguntarle qué pasaba y ella nos dijo que Carlos había muerto hacía dos horas. Se había doblado con la última cura. Entré en shock. Toda la vida habíamos peleado y a final de cuentas fui yo el que le brindó el boleto para la muerte. Al darle ese billete le otorgué el pasaje directo al descanso eterno. Claro que desde otra perspectiva podemos decir que fue él quien tomó la decisión final de tomar la droga. Pero qué esperas que un yonqui haga cuando le das un billete: comprar heroína.

Capítulo 5

Creo que me he quedado dormido otra vez. Parece que he escuchado a los perros del vecino ladrar a lo lejos. Está oscuro aún allá afuera. Pero parece que ya va a amanecer. El reloj de la cocina marca las cinco y media. Tengo sed y hambre. Quiero unos tacos de borrego de don Pancho. Una de las pocas personas que uno puede realmente respetar en esta vida es a su taquero. Los tacos son Patrimonio Cultural de la Humanidad. Por lo tanto, el trabajo que realiza el taquero es de suma importancia a nivel global. No pretendo profundizar en el inmenso universo de la clasificación gastronómica de dicho manjar, porque no acabaría nunca. Además, ya lo han hecho muchos otros anteriormente y con mucho éxito. Sólo quiero hacer hincapié que dentro de este regalo de los dioses encontramos la expresión más sublime en los tacos de Borrego. A pocas calles de mi casa, en una esquina, estratégicamente situada, se encontraba una carreta con uno de los más deliciosos platillos de la ciudad. Esos tacos eran tan buenos que no deberían ser legales.

Llegaba yo los fines de semana por las mañanas y me ponía a hacer la fila que siempre estaba presente en aquel puesto de tacos de Don Pancho. La carreta evolucionó hasta formar un local, en su interior seguía teniendo la tradicional carreta de lámina con una cabeza de borrego pintada en acrílicos y grandes letras rojas con el nombre del negocio. A un costado se encontraba uno con una barra de salsas en donde sobresalían la roja de chile de árbol con ajo, y la verde de tomatillo. Y por supuesto la guarnición indispensable de cebolla blanca con cilantro. Una bandeja con limones y un platón con rábanos. El taquero me miraba y al momento se daba cuenta que era yo un profesional, pues al preguntarme cuantos tacos quería, yo no respondía con palabras, sólo indicaba con mis dedos que tres. Y después indicaba que era necesario agregar uno más de cabeza. Me sentaba un una de sus sillas de plástico y ponía los tacos sobre una mesa tambaleante de lámina. Lo acompañaba todo con una sangría y listo; el resto del mundo no valía la pena. Y el aroma de las especies inundaba mis fosas nasales; y una orgía de sabores explotaba en mis papilas gustativas. Y miraba de lejos al taquero y me preguntaba cuál sería su secreto. Adivinaba que dentro de aquella olla vaporera de aluminio se entremezclaban las fórmulas caprichosas de una alquimia milenaria con poderes sobrenaturales. Y le daba otra mordida al taco agregando unas gotas de limón y un poco más de salsa de chile de árbol roja y picante, y un universo explotaba y renacía en mi interior. Una sensación de saciedad firmaba el pacto definitivo en el último bocado. ¡Maldita sea! Muero de hambre.

Habían pasado un par de años desde la ruptura con Zulema y la muerte de Carlos.

Era la hora del lonche y ese día no había llevado nada de comer al trabajo. Salí a la calle y encontré un pequeño restaurant en un centro comercial cercano a mi trabajo. Entre al local y pedí un platillo de carne de puerco en salsa verde. Tomé asiento en una de las mesas cercana a la entrada para esperar mi comida. De pronto, el lugar se iluminó, vi entrar a una chica de figura esbelta, cabellos oscuros y rizados. Ella iba sola. Al principio no la reconocí, pero aquella cara se me hacía familiar. No fue sino cuando paso a mi lado que la reconocí y le dije: —Eleonor.

Ella me reconoció al instante, me dijo: —Úrsulo. ¿Cómo

estás? tanto tiempo sin verte.

Yo la invité a que me acompañara en mi mesa, después de cerciorarme que no esperaba por nadie. Ella aceptó con una sonrisa. Yo insistí en invitarle la comida. Ella se resistió en un principio, pero terminó por aceptar mi invitación.

— ¿Cómo has estado amigo? —preguntó ella.

—Bien. He estado bien. Ocupado trabajando como siempre ... ¿y tú? —devolví la pregunta.

—Pues aquí sobreviviendo. ¿Cómo está tu mamá?

—Ella falleció hace un par de años —contesté yo con una expresión de pena en el rostro.

—Lo siento mucho. No sabía.

—Gracias. Sí, estaba muy enferma y no pudo contra la diabetes. ¿Y tu mamá? ¿cómo está?

—Ella está bien. Ahora estoy viviendo con ella. Bueno, desde que me divorcié hace poco más de un año.

—Tenemos tanto tiempo sin vernos, que no sabía que estabas casada.

—Sí. Estuve casada con un muchacho de por el barrio, creo que lo conoces. Es Raúl González, no sé si lo recuerdes; el hermano de Carlos.

Repentinamente me llegaron flashazos de recuerdos en la memoria. Vi la cara de Carlos cuando le extendía el billete que compraría su muerte. Vi la cara de Raúl y escuché su voz de aquella tarde en la banqueta de su casa cuando habló conmigo. Vi la cara de furia de Carlos a través de los años que peleamos incansablemente. — Sí. Si lo recuerdo —indiqué.

Ella bajó la mirada al preguntar: — ¿Supiste lo que pasó con Carlos?

Yo no me atreví a decirle que fue el billete que le di aquella tarde el que compró su muerte. La verdad, no quise que su memoria guardara alguna relación entre mí y aquel hecho fatídico. —Si me enteré de lo ocurrido. Fue una lástima, era tan joven.

Ella estaba consciente de la enemistad entre Carlos y yo, puesto que todo mundo sabía de los enfrentamientos que tuvimos a través de los años escolares. Pero no lo mencionó. Se quedó silenciosa, con su mirada fija al vaso de agua que reposaba sobre la mesa. Poco a poco se fue soltando. Al parecer tenía cosas dentro de su pecho que necesitaba sacar: —La muerte de Carlos significó la gota que derramó el vaso en mi relación con Raúl. Me casé muy joven con él. Mi mamá se volvió muy estricta y de algún modo me orilló a buscar una salida de casa. Después de su divorcio de mi padre cambio radicalmente. Y aunque el cambio fue positivo; había ciertas cosas que eran difíciles para las dos. Ella se volvió muy estricta, como ya te dije, e impuso reglas que me asfixiaban. Raúl era mayor que yo y me imponía cierta autoridad. Era guapísimo y muy popular entre la gente. Demasiado popular para mi gusto. Siempre le gustó mucho la fiesta y el alcohol. Al principio era divertido salir del mundo de restricciones que había impuesto mi madre. Tuvimos un noviazgo corto. Salíamos mucho a fiestas y nos divertíamos a más no poder. Él se había recibido de ingeniero civil y parecía tener un futuro brillante. La boda fue en grande y la celebración duró tres días. Pero parecía que la celebración nunca acababa del todo para él. Yo creía que todo iba a cambiar cuando nos casáramos; que las parrandas y el alcohol quedarían atrás. Ahora que lo veo todo en retrospectiva, creo que él no estaba listo para el compromiso. Y no sé en verdad si algún día lo va a estar. Pero eso ya no me importa. Es un hombre muy inmaduro y yo no tengo tiempo para un Peter Pan. No soy una Campanita, al menos ya no. Lo que me atraía de él termino por alejarnos. Como ya te lo dije, era popular entre la gente; y sobre todo entre las mujeres. No tardé en enterarme de sus infidelidades. Sus días de fiesta que no paraban le fueron cobrando factura. Perdía trabajos por no presentarse a tiempo o simplemente por faltar al trabajo varios días seguidos por la parranda. Se fue creando mala fama y ahora nadie lo quiere contratar. Pasaron los años y nunca cambió. Pero cuando sucedió lo de Carlos se vino abajo totalmente. Yo no sé qué tipo de problemas había entre ellos; Carlos era un hombre difícil. Tenía pleito con todos no nada más contigo. Pero había cosas entre ellos que nadie sabe. Y esas son solo mis sospechas debido a la forma que Raúl reaccionó ante su muerte. Una tarde llegó borracho a casa y me confesó que él le había inyectado heroína por primera vez a su hermano. Ahora no podía con la culpa. Tomaba por semanas enteras y no llegaba a casa por días. Y las mujeres con las que siempre se iba no paraban de seguirlo. Yo me quedé sin fuerzas. Sentía que la historia de mi padre y de mi madre se estaba repitiendo en mi vida; era algo que no quería. Por eso decidí dejarlo. Ahora él anda con una chica que trabaja de cajera en un mercado. Ella ya tiene tres meses de embarazo. Yo nunca quise tener hijos con él, no quería que sufrieran lo que yo sufrí con mis padres. La pobre ilusa piensa que él va a cambiar cuando nazca el niño. Pero ese tipo de hombres no cambian, aunque tengan cien hijos. Y te lo digo por mi padre, quien ha seguido igual toda la vida. No sé qué tipo de problemas están arrastrando, pero si uno no pone atención se lo llevan entre las patas.

Después de decir eso, ella lanzó un suspiro de alivio. Me miró a los ojos y sonrió. —Discúlpame. Creo que tenía muchas cosas atoradas. la verdad es que nos soy una persona muy sociable, tengo muy pocas amigas. Te juro que no te vuelvo a hablar de mi matrimonio fallido en la vida. Es sólo que he tenido mucha presión en los últimos meses. Y la verdad, siempre he tenido buenos recuerdos tuyos. Me acuerdo de aquella vez que le salvaste la vida a mi hermano. Si no hubieras estado tú con él en ese momento, habría muerto. Pero el destino lo alcanzó de cualquier modo. Claro que tú no tienes la culpa de todo eso.

—No te preocupes —contesté—. Puedes hablar conmigo

69

las veces que quieras. Tú eres de las pocas personas que me ha demostrado su aprecio y eso lo agradezco infinitamente. Recuerdo cuando iba a tu casa y eras una chiquilla que jugaba con tus muñecas. Te mirabas tan adorable con tus trencitas.

—Cállate. Vas a hacer que me ruborice. Yo también recuerdo cuando la pandilla iba a casa, me caía mal la mayoría. Sólo tú me agradabas en verdad. Me caíste bien desde el primer día que te vi. Llegaste a casa con tus lentes y tu camisa de Caifanes que no te quitabas. Y te ponías a tocar la guitarra, y mi hermano se ponía a cantar y yo también con ustedes. Y tu cabello todo despeinado. Todos decían que te parecías al guitarrista de no sé qué banda.

Yo me sentí un poco apenado al recordar como tocaba la guitarra. —Yo tampoco me acuerdo a que banda se referían, pero gracias a ese parecido con el guitarrista fue que me gane mis primeros besos.

—Me acuerdo de aquella noche —dijo ella mirándome fijamente a los ojos y al momento se detuvo el tiempo—. La verdad siempre pensé que fuiste muy valiente al hablar delante de todos como lo hiciste aquella noche. De hecho, creo que siento un poco de admiración por ti, por eso que hiciste. Nadie de los que conozco ha tenido los pantalones para hacer algo como eso. Y hay mucha gente que piensa lo mismo.

Me sorprendió lo que me dijo. Me había pasado años huyendo de todo aquello y ahora regresaba a mí como un bumerán y se estrellaba en mi cara. Su mirada era lo más hermoso que jamás había visto en mi vida. No sabía que decir: —Sí. Creo que fue algo atrevido. Y pensándolo bien, si pudiera volver el tiempo atrás, lo volvería a hacer.

Lo que pasó a continuación fue un momento mágico. Fue algo inesperado y fugaz. Ella estaba delante de mí en la mesa. Sentada en su silla. De pronto se inclinó hacia mí y me dio un beso y al momento nació un nuevo mundo. Fue una experiencia dulce y eterna; de esos momentos que te marcan por siempre. Aquel día ella tomó una parte de mí, algo que nunca recuperé y se quedó para siempre a su lado. Y sé que debo sentirme agradecido por eso.

Después del beso no dijimos nada. Llegó la comida y comimos en silencio. Ella me dio su teléfono y nos despedimos. Yo duré dos semanas mirando su número telefónico, sin atreverme a hablarle. Por fin me decidí, era un sábado por la tarde. Marqué el número y contestó su mamá. Alcancé a escuchar cuando ella gritaba: "Eleonor, teléfono". Ella contestó sin saber quién era. Dijo: —Bueno ¿quién llama?

Yo estaba tan nervioso que casi cuelgo. —¡Hola Eleonor! ¿Cómo estás? Soy Úrsulo.

Ella se quedó callada por unos segundos, me parecieron eternos: —Úrsulo, ¿Cómo estás? ¿Por qué no me habías hablado?

Estuve a punto de decirle: "Por Cobarde", pero me contuve y tuve que mentir: —Discúlpame, es que se me había perdido tu teléfono.

—Yo creía que te había asustado por mi atrevimiento de aquella tarde —dijo provocativa.

Yo estuve a punto de contestarle: "No. Si tú te puedes atrever de esa manera las veces que quieras" pero no me atreví. Trate de ser más cordial: —Pues nada más te llamaba para ver si no estás ocupada.

Su voz se adivinaba un poco emocionada: —No. No tengo planes.

— ¿Te gustaría ir a tomar un café o a ver una película? —pregunté nervioso.

—Claro. Deja te doy mi dirección.

Yo estaba brincando en un sólo pie: —Te parece bien si paso por ti a las seis.

Ella dijo: —Seis y media.

—Perfecto.

Llegué a su casa y su madre me recibió con un abrazo efusivo. Me dijo que sentía mucho lo de la muerte de mi madre. Ella salió con un vestido amarillo que le llegaba a la altura de la rodilla. Traía unas zapatillas blancas y llevaba el pelo recogido en una cola de caballo. Su maquillaje era discreto. Su figura esbelta, parecía flotar al caminar, con esa aura de diosa que la caracterizaba. Se acercó con una sonrisa diáfana y su mirada dulce y preguntó serena: — ¿nos vamos?

Llegamos a un café y nos sentamos en el patio que daba a la calle. Llegó un coche y se estacionó frente al restaurante. Eran unos chicos vestidos de negro con música de Rock duro a todo volumen. ella frunció él seño, con desaprobación.

— ¿No te gusta esa música? —pregunté.

Ella me dijo: —La verdad no. Es demasiado ruidosa. Además, parecen retrasados mentales, todos enajenados con ese ruido. Y al parecer ellos se piensan que no hay nada más en el mundo. Se me hacen tan ridículos, no los soporto.

Claramente noté que había algo en el trasfondo de aquel odio. Había demasiadas cosas alrededor de aquella música y de aquel estilo de vida que la llenaban de recuerdos dolorosos. Yo lo comprendí así y decidí respetarla.

— ¿A ti te gusta esa música? —preguntó.

— A mi si me gusta. Pero te aclaro que no pienso que es la única música que existe. Y mis gustos musicales son muy extensos y eclécticos. Y no siento odio por las expresiones musicales del país, como la mayoría de esos payasos. Yo creo que se deben explorar otras culturas, así como la cultura propia. Siempre he sido un insecto de frontera y eso me permite explorar los dos lados del cerco; nadie me lo prohíbe. Desde mi punto de vista, tanto el arte como las expresiones musicales —que son arte por supuesto—, son tan infinitamente extensos, que considero un insulto el encasillarme en un estilo o en una corriente. Creo que eso es un pensamiento limitado y mediocre. ¿Cómo se puede conocer la idiosincrasia de un pueblo sin conocer su música y su cultura popular? —pregunté.

—Creo que tienes razón, me gusta tu forma de pensar. Lo que pasa es que esa música y ese estilo de vida me ha quitado tantas cosas, que siento algo repulsivo hacia ello —confesó ella, probando mis sospechas.

—Sí. Hemos vivido una vida un poco ajetreada que se relaciona con la cultura popular moderna. Todo va muy rápido —comenté.

—Yo, lo que quiero es una vida tranquila, sin sobresaltos. He vivido envuelta en el caos toda mi vida. Quiero reconfigurar las cosas. Tengo que expulsar a toda le gente negativa y tóxica y hacer todo de modo más sencillo. Minimalismo es la idea —dijo ella.

—Esa es prácticamente la idea que aplico en mi vida. Trato de simplificar lo más que puedo. Tengo una vida social muy sobria, muy básica, casi nula. Creo que la sencillez es la clave de la tranquilidad.

—Suena interesante. La verdad es que yo ya estoy cansada de fiestas y reuniones. Ya no quiero conocer más gente, sólo quiero ocuparme de mi misma y estar tranquila en casa. No tengo nada en contra de la gente, créeme, pero las multitudes no me agradan, me marean —comentó.

—Si es verdad, yo también, en ocasiones me siento un tanto abrumado en las multitudes. Una reunión demasiado concurrida me incomoda. Pero de vez en cuando tiene uno que salir y asomar la nariz por ahí —comenté.

Al parecer, los dos teníamos algunas cosas en común, tales como: estar alejados de la gente y vivir tranquilos.

— ¿Te gustaría ir al cine? —pregunté.

—Sí. Me encanta el cine. Es como un escape para mí —

respondió efusivamente.

— ¿Y qué películas te gustan?

—Mira, lo creas o no, me gustan las películas de bajo presupuesto. Y más, la de los directores que van empezando con actores noveles. No sé, me fascina la falta de experiencia, y la propuesta se me hace interesante —comentó.

—Yo creía que te gustaban las comedietas romanticonas.

—La verdad no. Para nada. Se me hacen demasiado estúpidas. A mí en lo personal no me gustan esos guapos de Hollywood. Y me caen más mal esos ridículos que los imitan. Yo soy realista y me siento más atraída por el tipo común, es algo sólido y no una ilusión. De hecho, me gustan los feos — indicó y yo lo sentí como un piropo.

—Es interesante. He conocido a varias mujeres que me dicen que no soportan a los guapos —observé.

—No. Son insufribles y arrogantes. Y se creen que todo se lo merecen, con su carita de telenovela. Patéticos. Muchas de mis amigas afirman lo mismo. Bueno, la verdad es que no tengo tantas amigas, pero las que tengo piensan igual que yo —afirmó.

—Mira que bien. En la sala de cine de la universidad siempre están pasando películas de producciones independientes. Podemos manejar hasta ahí y ver lo que tienen.

— ¿Y tú cuáles son las películas que más odias? — preguntó.

—Yo en lo personal, no soporto las películas de guerra gabachas. Son como un proselitismo al ejército de USA para ganar adeptos a su causa y una apología al crimen de la guerra; y allí nadie protesta. En sus películas todas sus acciones siempre son justificadas; las invasiones; los asesinatos masivos, los abusos, el genocidio. Y solo cuentan lo que les conviene. Y después hacen alarde de su potencial armamentista como mandando un mensaje, un comercial, o una amenaza al resto del mundo. Y sus héroes impecables, impolutos, sufridos, invencibles, justicieros, guapísimos, y siempre acertados. Y los enemigos: malísimos, terribles, desalmados, diabólicos, inmorales, abyectos, y feos. Yo la neta no sé quién se traga esas mamadas. Ponen a una de sus estrellitas populares con su cara de sufrido y conquista al público. Un éxito de taquilla. Negocio redondo, petróleo y Hollywood, armas, películas, y muerte. Estoy casi seguro que hay muchos productores de armamento financiando esas películas. Y esas estrellitas patéticas y alienadas a las reglas establecidas de su industria. Nadie tiene los pantalones para contar una historia que tenga un impacto verdadero. Todo está cortado a la medida de lo que puede ser aceptado por sus elites, lo que es permitido para educar a las masas deformes.

—Vaya que tienes tu opinión acerca de las películas de guerra gabachas —comentó.

Nos metimos a una sala de cine pequeña de la universidad del estado. Estaban pasando una función de un director nacional que era considerado un rebelde. Está era su tercera película, y ya lo consideraban un director de culto en los círculos subterráneos del arte. Su estilo era poco convencional. Sus actores no eran particularmente guapos; o, mejor dicho, no encajaban con la estética a la que el cine comercial nos tiene acostumbrados. Las mujeres eran gruesas con pechos grandes y culos prominentes. Y aquellos rostros fuertes y desafiantes. Eran poseedoras de una belleza salvaje y natural. Sus ojos grandes y los labios gruesos. Los hombres eran de tez morena en su mayoría; panzones, bigotones, y mal hablados. La trama era violenta y los diálogos de corte grosero, con palabras altisonantes y vulgares, lo que le daba a la trama un aire de realismo inesperado. El desenlace fue sumamente violento con sangre excesiva, casi rayando en lo ridículo. La verdad fue un espectáculo que disfruté y ella al parecer también.

Nos casamos después de un noviazgo corto de tres

meses. Fue una ceremonia pequeña, puesto que no teníamos muchos amigos a quien invitar y solo un puñado de parientes cercanos. Pero tengo que admitir que la ceremonia fue un tanto lujosa. Ella se lo merecía. Aunque no me lo pidió, yo quería darle ese gusto de tener un buen recuerdo de nuestra boda. Contraté una agencia que se encargó hasta del más mínimo detalle. La ceremonia fue un éxito. En la recepción había un trío de música de cámara que constaba de dos violines y un Chelo interpretando a Vivaldi. Tocaron las dos primeras horas del evento. Después tocó un grupo musical que interpretaba canciones de corte popular bailables. La decoración la escogió ella con colores dorados y tonalidades de otoño. La cena consistía de tres cursos. Iniciaba con una ensalada César, seguida de un plato fuerte con la elección de pescado o filete de carne. El postre era pastel de vainilla o chocolate. De luna de miel, pasamos unos días en la Rivera Maya. En ese momento no escatimé en dinero. Tenía buenos ahorros, puesto que en realidad yo no tenía gastos significativos en mi vida de soltero. Lo que quería es que ella estuviera contenta. Ella me dijo que no era necesario tanto gasto, que ella no necesitaba de tanto. Pero, de cualquier modo, noté que al final se sintió satisfecha, que era lo importante.

Las mujeres son un mal necesario. Son lo más hermoso que hay en la vida; y que lo diga un maldito amargado y anti— romántico como yo, ya es algo. Son bellísimas como nada más en el mundo. Mientras están calladas; porque nada más comienzan a hablar y se jode el asunto. Y no es sólo que hablen; que digan lo que quieran, está bien, pero luego son reclamos, la mayoría del tiempo, y así no se puede. Yo nunca entendí una palabra de lo que me decían. Pero que chulas están las condenadas. Yo nada más miraba que se movían sus boquitas y sus labios jugueteaban en un vaivén desenfrenado, lleno de emociones confusas. Escuchaba sonidos familiares a lo que asemejaban palabras, pero eran como si estuvieran expresándose en un idioma distinto. El discurso siempre era el mismo: saca la basura, corta el zacate, ya no toques la guitarra, ya no cantes, lava el carro, me estás volviendo loca, ya no te soporto, ya no te me acerques, ya no tomes más alcohol, cantas, horrible (esto se repetía varias veces en el día), yo tengo la razón, no me contradigas, ya cállate, estoy cansada de todo esto, es mejor no volver a vernos; y la cosa seguía y seguía. Y yo sólo entendía lo que creía conveniente. Y como el resto de los hombres, hacía lo necesario para obtener lo que quería y punto. El secreto es hacerlas sentir que son únicas en el mundo y después puedes hacer lo que te dé la gana. Sí, soy un hijo de la chingada; lo sé. Pero a las mujeres les encanta la fregadera también. Ellas necesitan que alguien les recuerde que son lo más hermoso del universo. Entonces, algo les sucede allá adentro, y sus ojos se encienden con un brillo especial, y su piel se ilumina, y desprenden una roma indescriptible; y parece que las palabras las hipnotizan. Entonces, bajan la guardia y son vulnerable, se entregan sin restricciones. La verdad es que los hombres somos unos primates de emociones elementales, con instintos básicos: ¿no sé porque ellas no lo comprenden? Todo sería más sencillo, sí ellas lo entendieran así. El mundo sería un lugar distinto, un lugar mejor. Para nosotros los hombres sólo hay dos cosas importantes: traer el mamut (el alimento) a casa, y la conservación de la especie. La diversión también es importante, pues no sólo de pan vive el hombre. Pero, con las mujeres estoy totalmente confundido, en cuanto a que será lo que realmente les importa. Ellas dicen que es el amor, pero algunas les dan más importancia a los zapatos; la neta. Recuerdo como le brillaban los ojitos a mi Eleonor cada que íbamos a un centro comercial y pasábamos por delante de un aparador de una zapatería. Ella se quedaba hipnotizada por horas enteras recorriendo pasillos y estantes, sintiendo las texturas de las pieles con la yema de sus dedos. Tomaba las piezas con sus manos y las inspeccionaba a la altura de sus ojos, como si fuese un experto curador de arte. Se medía por lo menos diez pares, caminaba de arriba a abajo mirándose en los espejos absorta en el narcicismo de su belleza; y no compraba ninguno, sino hasta que recorría la tercera tienda. Después me preguntaba: — ¿Los rojos o los negros? —. Y yo iluso le contestaba: —Los negros—. Y ella elegía los rojos, no fallaba, todo el tiempo. Después, la llevaba a comer, y ella renegaba porque estaba a dieta. Esa dieta eterna a la que nunca renunciaba; pero por la cual no podía guardar el más mínimo respeto. Tardaba horas en decidirse en ordenar. Todo la engordaba. Al final elegía una ensalada y yo tenía que elegir su platillo favorito que, a final de cuentas, acababa compartiendo con ella. Después llegaba la hora del postre. Ella temblaba y me pedía que compartiéramos el pastel de chocolate, pero yo tajante le decía que la relación tenía sus límites y que mi pastel de chocolate era uno de ellos. Ella se resignaba, pedía su pieza de pastel, se comía la mitad y pedía una cajita para llevar. Después, caminábamos por el parque para bajar la comida y platicábamos incansablemente; el mundo no existía. Y yo la miraba como caminaba a mi lado y no podía entender la brutalidad de su belleza. Y me repetía que las mujeres son un mal necesario; que no se puede estar sin ellas. Y recordaba que siempre había estado cerca de una mujer. La verdad es que la mitad de mi vida la he pasado solo, pero las veces que estado en compañía, dos terceras partes ha sido con una mujer. Creo que debo estar agradecido por eso; aunque me hayan hecho sentir miserable algunas veces. A final de cuentas, siempre se tiene que pagar un precio por todo.

A ella le gustaba que le leyera poemas al oído. Era una mujer inteligente y sensible. A las mujeres inteligentes las conmueve la poesía; a las mujeres toscas las conmueve el dinero. La sensibilidad es cuestión de evolución. Sólo un alma sensible se derrite ante la sutileza de las palabras. Para ella el amor era algo así como una especie de silencio más fino, tembloroso, insoportable.

Era agradable cuando estaba acostado en el sillón y llegaba ella y se subía arriba de mí y colocaba su cabeza sobre mi pecho. Yo respiraba el aroma de su cabello, y con la yema de mis dedos le acariciaba en movimientos circulares su espalda. Su pecho reposaba en el mío, tibio, abierto, húmedo. Su aliento chocaba en mi cuello y me hacía estremecer. Los latidos de mi corazón retumbaban en su oído como un ritual milenario y cadencioso. Ella solía acurrucarse como un cachorrito en invierno, con sus manos heladas en mi espalda y esos gruesos calcetines de lana que le cubrían los pies. Después me decía que se le antojaba un chocolate caliente; pero no quería que me levantara, porque estaba agusto y calientita sobre mí. Y con los ojos cerrados suspiraba y presionaba su mejilla sobre mi pecho una vez más. Yo le cambiaba a la tele y buscaba por una película de blanco y negro de Pedro Infante y los dos nos poníamos melancólicos recordando nuestra niñez y a los actores de la era dorada. Esas películas que mirábamos los domingos con los abuelos. Ella siempre lloraba cuando se moría el Torito; no fallaba. Finalmente, me levantaba y le ponía una cobija de algodón encima y me iba a la cocina a preparar la leche para el chocolate caliente. Ella se levantaba atrás de mí y me ayudaba a preparar el chocolate para que quedara bien espumoso. Después nos íbamos al sillón una vez más, ella con su chocolate espumoso y yo con una taza de té, porque nunca me gustó la leche. Y me pedía que le leyera un poema de Sabines y yo lo hacía y ella se sentía una Chepita cualquiera. Y el ambiente se volvía pegajoso con aquellos versos llenos de cursilerías.

Yo no soy lo que se puede decir un romántico, ni mucho menos. Pero tengo que confesar que me esforzaba por complacerla. La poesía no era mi fuerte. Sin embargo, tomaba aquellos libros y me ponía a declamar esos versos plagados de paisajes de entrega máxima. Ella se recostaba en el sillón y se acurrucaba con su cojín favorito, con esa mirada extasiada de satisfacción. Y las horas pasaban sin hacerse notar; el tiempo mismo dejaba de existir en aquel agujero negro de la literatura. Y ella decía: —Me gusta tu voz.

Yo la miraba extrañado y le reclamaba: —No es cierto me estas mintiendo.

—Te estoy diciendo la verdad, no tengo porque mentirte. Me gusta tu voz cuando declamas eso versos pegajosos — indicaba.

—Siempre te estas quejando cuando canto. Cada que agarro la guitarra sales corriendo despavorida y te pierdes por horas. Y ahora me sales con que te gusta mi voz. No te creo — reclamé.

—No me gusta tu voz cuando cantas. La verdad no quiero ser cruel, pero siendo realistas cantas horrible. Pero cuando me lees poesía todo es diferente. Tu voz cobra un matiz varonil y seductor; y la cadencia que le das a las palabras, me atrapa en realidad. Hay algo que me dice que en el fondo de tu eres sumamente apasionado. Eso me gusta, y de algún modo, me da un poco de esperanzas —afirmó.

— ¿Y qué es lo que esperas de mí? —pregunté al momento en que cerraba lentamente el libro de poesía y lo colocaba sobre la mesita de la sala. Después tomé mi taza de té y le di un trago. Estaba frío y amargo. Ella me contemplaba con esa mirada infantil que le gustaba llevar puesta sobre sí los viernes por la noche.

—Me da esperanza para creer que las cosas pueden funcionar. Quiero creer que te podré entender algún día. Es que hay cosa que me confunden de ti; y hay otras cosas que me asustan —dijo en un tono de voz monótono y pausado.

— ¿Qué es lo que te confunde?

—Una de las cosas que no alcanzo a comprender, es

como te puedes sentir irritado por una palabra, o alguna frase que denigra a los seres humanos, según tú; y, sin embargo, odias al mundo entero —afirmó de modo efusivo.

—No es que odie a todo mundo, lo que pasa es que soy muy poco tolerante con la gente. No odio a la persona, sino que repruebo su conducta. Y me invade una frustración tremenda el no poder hacerlos cambiar. Por esa razón es que prefiero permanecer alejado.

—Dicen que si no puedes con ellos únete.

—Pues yo tengo un principio distinto. Si no puedes con ellos aléjate, porque corres el riesgo de que te arrastren entre sus pies. Hay que tener un poco de dignidad y no doblar las manos sin antes luchar —indiqué.

—Pero lo tuyo no es una lucha; es más bien una retirada constante, un aislamiento perpetuo – dijo.

—Así es, esa es mi elección. Pero ahora te tengo aquí conmigo. Y no me puedes negar que tu sientes algún tipo de simpatía por algunas de mis ideas.

—En eso tienes razón. A mí también me cansa la gente. Por eso amo la poesía, porque me lleva a lugares lejanos en los que sólo yo puedo habitar.

—Pues hay que disfrutar de nuestras soledades compartidas —Le propuse. Le di otro sorbo a mi té, y continué con la lectura.

Ella se estiró las piernas y los brazos al tiempo en que bostezaba. Después abrazó su cojín, se recostó sobre su costado derecho y cerró los ojos, para dedicarse a escuchar en silencio.

Los ojos en ocasiones se transforman en un arma de doble filo que a la más leve provocación suelen traicionarnos y nos colocan en posiciones incómodas, pero al mismo tiempo, son capaces de brindarnos algunas de las experiencias más placenteras en la vida. Los hombres somos unos mirones por naturaleza. No puede pasar un trasero bien formado por ah,

81

porque atrae a nuestros ojos como un imán. Es el instinto de cazador milenario que nos hace un llamado recóndito y arcaico. El aullido del lobo en la lejanía que nos recuerda que no hemos dejado de ser bestias a pesar de nuestra accidentada evolución. El depredador natural que anda siempre a la espera de la mejor presa. Es algo que no podemos evitar, por más que se quiera. Y ellas lo saben, pero no lo soportan. Precisamente ese fue el motivo de uno de los primeros enfrentamientos que tuvimos ya formalizados como pareja.

Sucedió que una tarde paseábamos por un centro comercial y mis ojos torpemente se desviaron siguiendo la trayectoria de un espécimen femenino con agraciadas y pronunciadas curvas que casualmente caminaba delante de mí. Ella lo notó de inmediato, auspiciada por ese radar nato que poseen las mujeres para este tipo de ocasiones en específico. Tal pareciera que la naturaleza les ha brindado una especie de sexto sentido para supervisar lo que ven sus parejas. Al principio no dijo nada, trató de disimularlo con el silencio, pero la expresión de su rostro delataba de forma descarada su enfado. Ahora caminaba dos pasos adelante de mí, con el ceño levemente fruncido y los labios apretados. Y por supuesto, ese fuego de furia que les brota a las mujeres por dentro y toma total posesión de sus miradas. Las respuestas cortantes hacia mis preguntas hacían obvio el malestar que torpemente y sin mucho esfuerzo trataba de ocultar. La tarde se transformó en un pequeño campo de batalla, en donde yo llevaba las de perder. Porque has nacido culpable hombre de mala fe. Y la sentencia reza: culpable hasta que se demuestre lo contrario; y, aun así, seguirás siendo culpable por los siglos de los siglos. Y tuve que soportar los pequeños bombardeos de desplantes momentáneos, y una dosis de frialdad e indiferencia estratégicamente plantadas sobre el terreno minado de su proximidad.

Llegamos a casa y ella continuaba con su silencio

abismal, sepulcral, absoluto. Se fue directo a la cocina sin pronunciar una palabra. Puso su bolso sobre una silla que se encontraba frente a la barra de la cocina, y fue y se lavó las manos en el fregadero. Sacó una tetera de peltre blanca de la despensa y colocó en ella dos varas de canela y dos rodajas de limón que había previamente cortado, agregó agua y la puso a calentar sobre la estufa a fuego medio. Aún continuaba con el ceño fruncido y los labios apretados; ahora también tenía la espalda rígida y sus hombros levemente levantados. Caminaba como un robot dando pasos violentos, toscos, y pesados, sobre el piso de la cocina. Se acercó a la orilla del refrigerador y la alacena en donde se hacía un hueco donde guardaba una escalerita plegable de tres escalones. Abrió la escalerita y la colocó debajo de los gabinetes, esos que no podía alcanzar. Abrió un gabinete y sacó una taza grande de porcelana que tenía un mensaje grabado con letras cursivas negras, que se leía: "Sigue tus Sueños". Tomó una canasta de paja tejida que reposaba sobre la barra de la cocina en donde tenía barias cajitas de metal con distintas marcas y variedades de té. Tomó una de las cajitas y seleccionó dos bolsitas de té de manzanilla que fue y depositó dentro de la taza de porcelana. A los dos minutos se escuchó el silbido del vapor del agua en ebullición que hervía en la tetera con la canela y el limón adentro. Al intentar tomar la agarradera de la tetera se quemó levemente y lanzó un pequeño grito, casi inaudible, como un gemido. Después tomó una servilleta de tela y sirvió el agua en la taza para luego agregarle un poco de miel de abeja. Tomó una conchita de chocolate de la panera y taza en mano se fue a sentar en la silla que estaba contra la barra de la cocina. Se dejó llevar por un instante en el color ambarino del té, al tiempo que sostenía a la altura de su oído entre sus dedos índice y pulgar una cucharita de plata. La taza estaba humeante y despedía un aroma a canela y limón. Ella tomó la taza entre sus manos y sintió lo caliente que estaba.

Sopló el vapor suavemente y finalmente bebió del líquido. Se quemó los labios un poco. Puso las manos sobre la barra de concreto y la sintió fría. Aún estaba enojada, pero estaba luchando por controlarse.

Yo caminé hasta la cocina y me coloqué delante de ella, del otro lado de la barra y discretamente pregunté: — ¿Te pasa algo? Te noto un poco irritada...

Ella contesto seca, cortante: —No... No me pasa nada.

—Pues tiene una cara de enfado que no puedes con ella —insistí para enfadarla.

—Que no tengo nada —dijo tajante.

Procedió a terminarse su conchita y a tomarse su té de manzanilla lentamente y en silencio, como tratando de calmarse. Yo me fui al sillón de la sala, a esperar pacientemente a que se decidiera a hablar. Tomé una revista y me puse a leer un artículo de jardinería. Al cabo de media hora, ella caminó hasta la sala y se sentó en una silla de mimbre que estaba alejada del sillón en donde yo estaba sentado.

—Al parecer todos los hombres son iguales —espetó con cierto tono venenoso.

— ¿A qué te refieres? —pregunté.

Ella me miró fijamente a los ojos inquisitiva: —Bien sabes a lo que me refiero —afirmó contundente.

Después prosiguió, empleando esa tonalidad represiva y autoritaria que me parecía totalmente molesta: — ¡Todos son unos bobos! No pueden ver una escoba con faldas, porque se quedan lelos, atontados. La verdad a mí me molesta mucho que hagan eso, lo considero una falta de respeto. Me da la impresión de que para ti estoy pintada o que estás solo, que yo no existo. Eso molesta a cualquier mujer. Y en mi caso en particular, me siento un poco más afectada por las malas experiencias que he tenido en mi vida. Primero, al ver lo que ocurría en el matrimonio de mis padres. Y más tarde, todo lo que ocurrió en mi matrimonio. Yo sé que una vez te dije que no te volvería a hablar de mi vieja relación, pero parece que la historia se repite una y otra vez. Primero con mis padres, luego en mi relación pasada, y ahora contigo. Parce una maldición.

Yo no sabía que decir, así que dije lo primero que se me vino a la mente: —Creo que estás exagerando un poco. Los hombres somos así. No lo hacemos con mala intención. Yo no quise ofenderte, te lo aseguro.

Ella explotó: — ¿Qué exagero dices? Bueno, creo que ese es precisamente el problema; yo creí que tú eras diferente. Y ahora me sales con esa estúpida respuesta de que todos los hombres son así y punto. Que sencillo.

De pronto lo comprendí. Ella estaba tratando de proyectar un problema más profundo que la marcaba por dentro y que no le permitía avanzar. Sus celos incontrolables, su inseguridad emocional, su ira irracional, su sensación de abandono, de traición, todo se mesclaba con el pasado. El padre emocionalmente ausente que flagela a la madre con el engaño. El ser una pequeña que se sentía insegura en un hogar tambaleante. El ser vulnerable ante la traición de un marido infiel e incomprensible. Una madre que sucumbe ante los vicios y cae en los mismos errores que la dañaron en el pasado. Y la eterna presencia del padre que está físicamente a su lado, pero que mentalmente está lejos, muy lejos. Y de modo inconsciente elige a un hombre idéntico a su padre: popular, fiestero, inconsistente, infiel, irresponsable, ausente. Y, por si fuera poco, la pérdida inevitable del hermano que la marcó para siempre. Se sentía sola, no podía confiar en nadie. Estaba aterrada ante la idea del abandono. Se visualizaba en su memoria como una pequeña asustada al lado de la escalera en una habitación oscura escuchando ruidos extraños, sola, desprotegida, ignorada. Demasiadas personas le habían dado la espalda en ese largo y accidentado camino que le había tocado recorrer. Al menos esas personas que se suponía velarían por ella. Por eso necesitaba absorber a la otra persona, poseerla, controlar su mirada, sus pensamientos, tomar decisiones por él si era necesario. Ella podía llegar a ser como una hiedra que se enredaba en tu cuerpo hasta lograr asfixiarte.

Yo cedí ante su irritación: —Está bien. Sólo dime qué quieres que hagamos al respecto. Tenemos que encontrar una solución y no nada más estar quejándonos sin parar.

—Tienes que prometerme que no lo volverás a hacer — me dijo como una madre se lo dice a un chiquillo.

—Muy bien. Voy a tratar de evitarlo, créeme que haré todo lo que este de mi parte, pero tienes que ser paciente — afirmé.

—Eso no es suficiente. Tienes que prometérmelo — insistió ella autoritaria.

—Esto se está yendo fuera de control. Tenemos que ir por pasos. Ya te dije que lo voy a evitar y eso debería ser suficiente para ti. Me incomoda tu postura de tratar de forzarme a hacer lo que tú quieres que haga. Entiende, yo no estoy acostumbrado a que me den órdenes —advertí.

Al parecer ella trató de entender mi punto y dio un paso atrás. —Está bien. Pero por favor, no quiero que esto vuelva a suceder, porque no quiero que pasemos por una situación desagradable que afecte nuestra relación. Quiero intentarlo de nuevo; no quiero volver a fracasar.

Esa frase fue una de las claves de nuestra relación: "no quiero volver a fracasar". Al parecer aquellas palabras nos conectaban más que cualquier otra cosa en el mundo.

El miedo en ocasiones es un puente entre las almas; un lazo que sostiene los cuerpos al borde del abismo. La oscuridad de la inmensidad es aterradora, cruel, y encierra lo inesperado. La incertidumbre produce mostros en la conciencia que nos obliga a aferrarnos a imposibles. Y permanecemos flotando entre el mar de indecisiones; naufragando a la expectativa de un viento favorable. Y en ocasiones éramos eso, sólo dos almas flotando entre la tempestad de nuestros traumas y nuestros complejos. Limitados por el dolor que nos había provocado el pasado. Porque fácil es invocar la palabra olvido, pero cuando la herida es profunda, la cicatriz se transforma en una llaga marcada y definitiva que nos recuerda aquello que la provocó. Y lamíamos nuestras mutuas heridas, en busca de un consuelo que nos brindara un poco de tranquilidad; pero en ocasiones era inútil, por más que lo intentábamos no lográbamos aliviar la pena. Y aun así lo seguimos intentando noche tras noche, día tras día, momento tras momento. Y no puedo negar que existieron amaneceres amargos y llenos de desdicha. Pero más allá del miedo había un destello que era más fuerte aun que nuestras debilidades. Porque una vez que quitábamos los velos oscuros de la aberración emocional y nos mirábamos las pieles desnudas y laceradas, entonces nos encontrábamos el uno al otro, aunque fuera sólo por un momento. Y de nuestra oscuridad surgía una claridad que nos permitía mirarnos a los ojos fijamente; entonces, se podía dar un paso hacia adelante y avanzar.

Los días pasaban, y yo trataba de soportar con dignidad las envestidas violentas de su carácter. Creo que ella por su parte intentaba hacer lo mismo con él mío. Las cosas no eran sencillas, pero llegamos a ese punto en que los dos éramos algo necesario el uno para el otro.

Una tarde de verano, estaba yo sentado en la sala de la casa tratando de afinar mi guitarra. Ella había salido de compras y yo, no soportaba ir de compras. Me enfermaban las líneas de pago, la multitud en los centros comerciales, ir de tienda en tienda sin sentido, la pérdida de tiempo. En fin, yo prefería quedarme en casa.

Ella llegó como a las seis de la tarde. Venía cargada de bolsas de plástico que tenían el logotipo de las tiendas de ropa de moda. Estaba de mal humor y renegaba de no sé qué cosas.

—No soporto a estos nacos, están por todas partes —dijo exaltada.

— ¿Pero ¿qué te pasa? ¿Por qué vienes tan enojada y de mal humor? —pregunté.

—Pues mira. Estaba comiendo una torta en el patio de un restaurant, de repente, se acerca este señor ya con canas que iba cargando una guitarra y me pregunta que si quiero una canción. Y yo le digo que no, que se vaya, que quiero comer en paz. Él se fue a otra mesa que estaba a un lado, y esa gente que se veía que eran unos nacos en su forma de vestir, le piden que cante una canción al sujeto ese. Y después no se callaban. Y por supuesto que me arruinaron la comida.

—Creo que no es para tanto —afirmé—. No te tomes esas cosas tan apecho, la gente quería escuchar canciones y ayudar al pobre señor con unos cuantos pesos, que te aseguro que los necesitaba. Uno no sale a cantar por las calles sólo por placer.

—Pues yo creo que es una falta de respeto. Se debe tener un poco de consideración por el espacio de los demás.

—Discúlpame, pero en ocasiones se tiene que ser un poco más tolerante con la gente. O si no vas terminar como yo, que no salgo a ningún lado precisamente por eso, por mi intolerancia. Pero para no pasar molestias, me quedo en casa.

—Pero no es justo que tenga uno que estar soportando a esa bola de nacos —insistió.

—Esa palabra no me gusta. Es más, la detesto con todas mis fuerzas —comenté.

— ¿Y de que otra forma voy a describir a estas personas que son corrientes, mal educadas, miserables, vulgares, burdas, y que abundan por todas partes? —preguntó en un tono sarcástico.

—Ese precisamente es el problema que tengo con esa palabra.

—¿A qué te refieres? Sé más explícito por favor.

—A eso. Al contexto mismo de la palabra. No sé cómo una persona que se atreve a presumir de tener cierta educación se puede referir a un semejante de esa manera; en ese tono tan despectivo.

—Pues todo mundo lo hace.

—Que todo mundo lo haga no quiere decir que está bien. Además, nos ponemos a juzgar a los racistas, a los que discriminan, a los que humillan a las minorías, a los arrogantes, a los prepotentes. Y es precisamente, así como nos portamos al utilizar esa palabra tan despectiva. Es una palabra abyecta que resulta de una combinación nefasta de: racismo, discriminación, y odio. Comprendo que vivimos en una especie de sistema piramidal en donde la elite está en la cúspide de la pirámide y se va descendiendo en grado hasta llegar a la base, en donde reposan los más desprotegidos. Y tal vez por eso siempre queremos ver a alguien por encima del hombro, para no sentir que somos los más jodidos. En la gran mayoría de los casos nos referimos a los pobres, a los indígenas, a los que no tiene acceso a la educación. En USA les llaman a los que son pobres y blancos como: basura blanca, cuellos rojos, y de más. Nadie quiere sentir que está al fondo de la pirámide. Nos educan para pensar que siempre tienes que creer que eres mejor que alguien más. Eso lo veo yo como un lastre cultural, que nos atrasa y no nos deja avanzar; no nos permite crecer —comenté.

Ella dejó todas las bolsas sobre el piso de la sala, y se fue directo a la cocina para servirse un vaso de té helado de limón que yo había preparado con anterioridad. Y desde la cocina hablaba en voz alta: —Ese es el problema. Que siempre se encuentra uno con gente que son más ignorantes, pobres, feos, mal educados, y estúpidos que uno.

—Pero también siempre hay gente que es más educada, tiene más dinero, es más bella, y tiene más oportunidades en la vida que uno. Y no por eso tiene uno que sentirse inferior o mal. De algún modo tenemos que abrasar la diversidad.

Ella caminó hasta la sala, tomó asiento al momento que le daba un trago a su té helado: —Me pides que acepte la pobreza, la mediocridad, la fealdad, y la ignorancia. Discúlpame, pero no puedo.

—No me estás entendiendo. No te pido que aceptes esas cosas, sino que le des una oportunidad a la gente. Siempre hay alguien que no ha tenido las mismas oportunidades que tú has tenido en la vida. En realidad, tú solo has leído un par de libros más que ellos, o tienes un par de pesos más que ellos. Pero al final no somos tan diferentes. Todos ocupamos oxígeno para respirar, no somos dioses.

—Pues mira, la verdad es que en este país siempre todos vamos a ser el naco de alguien, pase lo que pase. La gente está tan llena de odio y sólo busca en que o en quien descargarlo. Y te doy la razón en eso de que siempre queremos ver a alguien más por encima del hombro, es inevitable. Nos educan para adorar a los triunfadores y despreciar a los fracasados —espetó.

—Así es, sentimos repulsión por los pobres y envidia por los ricos, porque somos la peor de la especie; somos: la clase media —afirmé.

—Pues yo no sé, pero mis pies me están matando. Recorrí tres centros comerciales de un lado a otro. Están llenos de gente, y todo mundo se queja de la crisis económica. La verdad no entiendo cómo le hacen.

—Yo tengo la respuesta: deudas. Son las nuevas cadenas que nos aprisionan. Todo mundo está endeudado en estos tiempos. El endeudado es el esclavo moderno. La gente es bombardeada todos los días, por todas partes, con anuncios de imágenes que les venden una ilusión ficticia de la realidad. Les crean mundos en los cuales los productos son la clave de la felicidad. Y la gente está tan confundida que se lo cree. La verdad, es que no lo puedo comprender. Y vamos a los mismo, la adoración por las marcas que les crea un supuesto estatus que les activa el autoengaño. —dije lacónico.

—Yo no sé, pero me he comprado unos zapatos que me harán ver como que pertenezco a la cúspide de la pirámide. Y no me importa eso del autoengaño, mientras lo esté disfrutando, qué más da. Lo que pasa es que tienes unas ideas un poco raras. No sé de dónde sacas tantas cosas. Te puedo seguir los pasos hasta cierto punto, pero llega un momento en que me pierdo. No te me pongas tan complicado por favor. Y luego esas conversaciones que realizas contigo mismo, o será con tus amigos imaginarios, no lo sé –dijo ella de forma sarcástica.

Yo me sentí un poco sorprendido, y al mismo tiempo avergonzado, por su cometario final. La verdad no me había puesto a pensar las veces que pensaba en voz alta. Traté de hacerme el inocente: — ¿De qué me hablas?

—Bien lo sabes, de tus voces internas —dijo ella burlesca.

—Creo que todos tenemos eso lenguajes secretos que desarrollamos con el tiempo. Hay palabras y sonidos que articulamos en nuestras lenguajes secretos y personales, y sólo los empleamos alejados de la gente. En esas conversaciones que uno realiza con uno mismo —afirmé.

—Son tus voces secretas que habitan en tu mente cariño, tus amigos imaginarios. Eso se llama esquizofrenia y tienes que tener mucho cuidado. Tal vez sea se allí de donde sacas todas esas ideas —dijo ella.

—No hay amigos imaginarios, ni voces mujer. Es sólo que como estoy acostumbrado a la soledad, pues no me doy cuenta cuando pienso en voz alta; eso es todo —afirmé.

Tomé la guitarra, y fue cuando por primera vez traté de cantarle la canción de José Alfredo Jiménez: Amanecí otra vez.

Suspiré y me coloqué en una posición cómoda a la orilla

del sillón. Comencé con los primeros acordes de la introducción. Sus ojos brillaron de curiosidad al principio. No sé si lo hizo por sentirse un poco arrepentida de los comentarios acerca de la esquizofrenia que resultaron muy poco agradables, pero el hecho era que al parecer lo estaba disfrutando. Desafiné un poco al principio de la canción, puesto que había sido compuesta para un registro de voz más alto que el mío, pero, aun así, lo intenté. Cantaba bajito para que no se notaran mucho mis errores. Su cara se fue transformando del entusiasmo a la confusión. No me atreví a levantar la voz en el coro, y sostuve una tonalidad monótona a través de la interpretación. Al final, todo resultó un desastre. Creo que me puse demasiado nervioso no sé porque razón. Pero ella se mantuvo firme y sin parpadear. Al terminar la canción me regaló una seriedad incomoda y una mirada desconcertada. Yo silbé la parte que decía: "Y me querías decir, no sé qué cosas". Y ella saltó un poco irritada, tomó su bolsa que había dejado en el piso y me informó: —Tengo una cita con una vieja amiga para tomar un café. Hace mucho tiempo que no la veo y tenemos mucho de qué hablar. Tú puedes seguir tocando tu guitarra el resto de la noche si quieres.

Después de decir eso, se acercó, me dio un beso en la mejilla y se fue. Yo me quedé solo una vez más en la sala de mi casa. Pasé el resto de la noche tratando de tocar canciones de Nirvana.

El siguiente día la encontré recostada en el sillón de la sala, leyendo un libro de poemas de Efraín Huerta. Estaba tan absorta en la lectura, que ni siquiera se dio cuenta de mi presencia. La expresión de su cara ensimismada delataba su alma cautiva en la fascinación de las palabras; inmersa en los inmensos confines que en su imaginación provocaban los versos del poeta. De pronto salió de su ensueño y me miró de frente con una sonrisa.

— ¡Aquí estás! No escuché cuando llegaste —dijo al

92

momento que abandonaba su posición para sentarse con las piernas sobre la mesita de centro.

—No. Ni caso me hiciste por estar absorta en la lectura – comenté, para luego sentarme a su lado en el sillón.

Ella sonrió de nuevo: —Discúlpame. Lo que pasa es que soy una adicta a este tipo de pasiones especiales, como la lectura, y en especial: la poesía. Es algo esencial para saciar mis horas de ocio.

Yo comenté sarcástico y con el afán de joder: —Esos son placeres menores, de segundo plano.

Ella preguntó un poco enfadada: — ¿Y cuáles son los placeres de primer plano para ti?

—Para mí es sencillo, me voy por lo más básico; por lo esencial. Eso que satisface a los instintos como el sexo o la comida. Esos son mis placeres principales.

—Bueno, pues tengo que darte un poco de crédito por tu respuesta. Pero no se puede ser tan primitivo todo el tiempo. Hay cosas dentro de nosotros que tienen que ser satisfechas, como el intelecto. No lo podemos descuidar, porque si no acabaremos como animalitos.

— ¿Tú qué prefieres? una vida llena de placeres y corta o una vida más relajada y extensa? —pregunté.

—Bueno, todo depende de tus perspectivas, de tus valores morales, y de tus deseos verdaderos. Porque, sí partimos de la premisa, de que el máximo placer es vivir, pues automáticamente se cancela tu pregunta —contestó.

— ¡No te vendas tan barata mujer! vamos dame un poco más, yo sé que puedes.

—La verdad no sé qué quieres que te diga. Yo vuelvo a lo mismo; si eres un amante del exceso, adelante. Pero si te gusta la tranquilidad, entonces, hay que tomar el placer como se presenta, lento, cadencioso, sutil. A mí en lo personal me gustan los placeres pausados, prolongados, y que perduran.

—Estamos en medio de una era hedonista y lujuriosa, no la podemos desperdiciar con lentitudes. Tenemos el sexo electrónico, las drogas sintéticas de entrega a domicilio, las compras por Internet, las tarjetas de crédito —continúe con el sarcasmo.

—Es una época de placeres sin sacrificio —sentenció.

—Lo que se busca es una satisfacción automática.

Ella bajó la mirada entristecida, como atacada por un recuerdo hiriente, oscuro. —De ese modo pensaba mi hermano, y ya ves lo que pasó.

Al momento comprendí, que, sin quererlo, había abierto una puerta prohibida. Había provocado que despertaran memorias de pasajes repletos de dolor y tormento. Ella guardó silencio y no quiso mirarme de frente. Se recostó de nuevo en el sillón y tomó su libro de poesía y se tapó la cara con él. Ella no quería que me diera cuenta, pero yo sabía que bajo el libro estaba llorando.

No sé realmente lo que paso dentro de su conciencia ese día, solo sé que las cosas ya nunca fueron iguales. Algo se soltó dentro de su corazón que la fue enfriando sin remedio. Cierto tipo de palabras tiene un efecto devastador en las personas. Hay conversaciones que se deben llevar con cuidado, el más leve descuido, puede fragmentar la delicada percepción de la realidad.

Había cosas dentro de ella, heridas que no terminaban de sanar.

En ocasiones las mujeres se transforman en piedra por dentro. Son ásperas al tacto, amargas al sabor, ariscas a la proximidad, frías de corazón. Ella llegó a ese punto inevitable en el tercer año de nuestra relación. La vida se fue transformando en una masa ácida, agria, y deprimente. Ahora era exasperantemente irritable, y a su vez, extremadamente insensible. Ella lo culpaba todo a la rutina, a la falta de detalles, al tedio, al hastío. En fin, tenía mil pretextos, pero la verdad era que ni ella misma sabía la causa. Lo cierto es que comenzamos a vivir nuestros pequeños infiernos compartidos. Tal vez ella tenía sus razones, estoy seguro que las tenía; todas ellas las tienen. Y también estoy seguro que para ella el culpable de todo era yo, porque siempre me lo dijo. Es lo mismo que todas ellas me han dicho siempre. La comunicación sufrió una ruptura inevitable y total. Yo tomaba mi guitarra y ella salía corriendo, se iba de casa y no regresaba hasta el anochecer. Tratábamos de evitarnos lo más posible. En ocasiones hacíamos tregua de unas cuantas horas los viernes por las noches para tener sexo. Nunca supe si fue porque ella sentía un poco de piedad por mí, o si en verdad lo necesitaba. Pero el sábado a mediodía, ya estábamos entablados en discusiones estúpidas y sin sentido nuevamente. Y las palabras daban vueltas y vueltas en un carrusel interminable de acusaciones y de señalamientos lastimosos.

Al parecer ella se dio cuenta que el amor es algo temporal. Que las cosas se acaban; que el tiempo todo lo aniquila. Tal vez se dio cuenta que yo no era lo que ella buscaba. O tal vez abrió los ojos y me miró como el resto del mundo la hacía: como una bestia indomable. Yo trataba de comprender el tipo de conflictos que probablemente se formulaba en sus pensamientos. Trazaba una línea con base en los sucesos acontecidos en su vida. Ella venía de una familia disfuncional y vivió una infancia conflictiva. Sobrevivió la muerte de su hermano y el divorcio de sus padres. Después fue educada bajo el dogmatismo religioso que de algún modo la alentaba a continuar conmigo. Basada en una serie de valores impuesto por una disciplina familiar. Venía de un fracaso matrimonial y no quería fracasar nuevamente. Había elementos de mi persona que la mantenían atada a la esperanza de que las cosas podían funcionar. Y dentro de ella tal vez existía la ilusión de que todo funcionaría. Pero estaba física y mentalmente agotada. Había sufrido un gran desgaste emocional y estaba a punto de colapsar. Me di cuenta que a pesar de los años que habíamos pasado juntos, aún se cuestionaba el haberme elegido por representar todo lo opuesto a su primer esposo. Yo no era del tipo popular fiestero e irresponsable que la dejaría plantada en cualquier momento. Ella sabía que siempre iba a estar ahí, a su lado, como un ancla en la tormenta; solo que eso ya no le era suficiente. Al parecer necesitaba algo más; algo que yo no le podía dar. Se percató que al final de cuentas, yo no era más que un simple ser humano lleno de errores e inseguridades; vulnerable ante el medio ambiente que me rodeaba. En cierto momento, logramos formar una burbuja en la cual reposábamos alejados del mundo; ese mundo hostil, violento, y agresivo del cual los dos intentábamos escapar. Y nos segaba la ilusión de una estabilidad que en apariencia era sustentable. Pero la burbuja estalló y los discursos cambiaron radicalmente. Ya no se escuchaban las preguntas amables y cordiales de: ¿que se te ofrece? ¿qué deseas? ¿qué quieres hacer? ¿en qué puedo servirte? La cortesía murió lentamente y fue sustituida por la amargura y el reclamo. El discurso se transformó en: ¡no soy tu esclava! ¡no soy tu sirvienta! ¡no soy tu juguete! ¡no estoy a tu disposición! Todas esas aseveraciones no representan la liberación de alguien oprimido, sino al contrario; representan la ruptura de la relación. Y es que cuando se ama, se está al pendiente del otro, nunca en una postura esclavizante, sino en una entrega voluntaria. Y yo que la necesitaba más que nunca. Mi desorden de obsesión compulsiva me obligaba a pensar en ella en todo momento; a soñar con ella todas las noches. Y luchaba las veinticuatro horas al día con esa obsesión. Y ella se alejaba cada vez más y más, convirtiendo más grande el inmenso abismo que nos separaba. Ahora era como un fantasma que deambulaba por la casa, por la calle, por mis recuerdos. Y su mirada era aterradora, parecía que alguien más había poseído su cuerpo. Era alguien desconocido, que se había metido en mi vida para secuestrar a la mujer que estaba a mi lado. Ya no era mi amiga; ahora era algo ajeno a mi proximidad, algo que había irrumpido de modo violento en mi intimidad y había extirpado mi fuente de placer. Y, sin embargo, permanecíamos juntos; físicamente juntos en la misma casa, pero emocionalmente separados por universos de incomprensión. Una tristeza enorme había invadido nuestro hogar, y un dolor insoportable nos lambía los huesos.

El conflicto llegó a una nueva etapa: la etapa del rechazo. Yo intentaba acercarme, y ella me esquivaba sin contemplaciones. Y de nuevo me acosaba esa sensación de rechazo que me había perseguido como un fantasma toda la vida. Pero esta vez, era diferente. Esta vez estaba siendo rechazado por alguien a quien realmente amaba y mi forma de demostrar ese amor era el procurar la proximidad de los cuerpos. El sentir su aroma, el rose de su piel. Y me esforzaba por ser aceptado, y sólo obtenía por respuesta aquella expresión de repulsa. Y aquello calaba en lo profundo, como una braza ardiente en el pecho. Y con cada rechazo nacía una nueva herida que formaba una cicatriz que se transmutó en una capa tan gruesa, que acabo por volverme insensible ante su presencia. Al principio era doloroso, después dejó de importar. Ahora la apatía y la indiferencia reinaban.

Ella en ocasiones se portaba como una perra. Todas las mujeres lo hacen de vez en cuando, y no se me puede tachar de misógino por decir la verdad. Todos los hombres tenemos algo de misóginos; así como ellas tienen algo de misandrias. No todo es color de rosa, hay puntos oscuros en nuestra conciencia, eso se tiene que aceptar y el que no lo haga es un hipócrita. Detesto estar políticamente correcto. Todos llevamos heridas por dentro que nos definen. Todos tenemos sentimientos oscuros, los cuales tratamos de combatir toda la vida. Los hombres estamos corrompidos por el pensamiento mismo. Estamos condicionados por sistemas y aparatos de restricción que nos acorralan en esquinas repletas de terror.

A final de cuentas, no se puede amar a alguien verdaderamente, sin sentir un poco de odio por ese alguien. Así como no se puede odiar algo o a alguien, sin sentir un poco de amor y atracción por ese algo o alguien. Es la paradoja de los sentimientos: Odiar a tus amores y amar a tus enemigos.

Y a las mujeres se les debe amar por lo que son: Seres hermosos pero terribles; bondadosos pero crueles; vulnerables pero implacables, rosa y espina; dulce y amargo; tempestad y calma; suavidad y rugosidad; la espuma y la piedra; él bálsamo y él veneno; la humedad y la resequedad; lo eterno y lo mortal; silencio y estallido; el sueño y lo real; la planicie y el abismo; el hada y la bruja; la nube y el trueno; el mar y el desierto; y todo lo que se queda atorado en el alma...en la piel...

La realidad es que todo cambia, la gente cambia, es algo inevitable. Nos hicimos mucho daño. Hay cosas que son irreparables en una relación. Yo agoté todas las opciones que mis convicciones me permitían y fui más allá. Y confié en que ella también había hecho lo mismo, pero no puedo hablar por otra persona. La otredad nos está prohibida. Sin embargo, me topé con ese muro de rechazo e incomprensión. Y me resultó aún más doloroso —como ya lo he afirmado— por tratarse de la persona a la que había elegido para depositar toda mi confianza, y mis esperanzas. Tal vez, para otros les resulte más sencillo el dejar todo a un lado, e iniciar una nueva búsqueda bajo horizontes distintos. Pero para un ser solitario es sumamente difícil el abrir las puertas y dejar entrar a alguien y luego descubrir que ese alguien solo era otro ser lleno de dolor y resentimiento. Entonces, la pena provoca una reacción en ese ser solitario. Y su corazón se transforma en una masa negra de rencor y todos los demás sentimientos y sensaciones son bloqueados. Y lo que antes representó el objeto (persona) que provocaba todos aquellos sentimientos nobles y ese deseo de proximidad; y aquella persona antes amada se transforma en un objeto repulsivo; en una masa que produce rechazo. Y se activa dentro una especie de mecanismo de defensa que le obliga a cancelar al resto del mundo. Y encuentra en la soledad, un alivio, un descanso temporal por mientras que arriba la muerte. Ahora el ser solitario es un ente aislado del mundo.

Era preciso acabar con aquella situación de una vez por todas. Ya no soportaba su presencia y adivinaba que ella también sentía lo mismo por mí. Curiosamente eso era algo en que los dos coincidíamos: en nuestro sentimiento de repulsa mutua. Esa mañana me desperté con esa idea en el pensamiento: la separación definitiva. La encontré en la cocina tomado una taza de café. Estaba llorando. Sus ojos enrojecidos delataban que había llorado por largo tiempo; tal vez toda la noche.

Al verla, no pensé en lo que iba a decir y se me escaparon las palabras: —Tengo que hablar contigo—. Pero ella apenas si me escuchó. — ¿Qué te pasa? — pregunté.

—Nada no me pasa nada —contestó.

La había visto llorar en otras ocasiones; pero en esta ocasión era diferente. Su mirada de rabia ya no estaba. Su expresión reflejaba una tristeza inconmensurable. Sus delgadas manos temblaban un poco al sostener la taza de café. Se tallaba la frente con ambas manos y se limpiaba las lágrimas con una servilleta de papel. Finalmente me dijo: —Tengo que hablar contigo.

Yo me senté cerca de la barra de la cocina. Ella me sirvió una taza de café y se sentó a una distancia prudente.

—Ayer fui al doctor —dijo serena—. Fui a recoger unos análisis que me había hecho unos días atrás. Sólo estaba haciendo un chequeo de rutina, nada fuera de lo común. Y hoy al recoger los resultados me he enterado que tengo cáncer.

La noticia me impresionó de gran manera. Fue como un

balde de agua fría. Esto cambiaba la ecuación por completo. Era necesario reconfigurar la estructura de la relación. Mi interior se llenó con un barniz que cubrió todas mis heridas y mis cicatrices. No podía mostrar mis sentimientos de repulsión ahora que ella me necesitaba. Estaba delante de mí un compromiso más grande y más fuerte que yo mismo. Había hecho una promesa y ahora era el momento de enfrentarla, y convertirla en realidad. Sin embargo, no podía evitar el pasado; no podía borrar todo lo ocurrido. Me sentí acosado por infinidad de sentimientos confusos y para contrarrestar todo aquello que ahora sólo me estorbaba, decidí cancelarlos por un tiempo indefinido. Puse todas mis sensaciones en un estado de hibernación intensiva, para que no interfirieran con la tarea que el destino me había impuesto. Tal vez era un alma torcida, una bestia indomable, un mostro solitario. Pero solo tenía una virtud y esa era la lealtad. No la podía abandonar bajo estas circunstancias. Lo que había pasado entre nosotros ya no tenía importancia; era preciso atender el llamado de mi interior que me decía, que mi obligación era permanecer a su lado y cuidarla. Y así tendrían que ser las cosas por dura que esta decisión fuera.

— ¿De qué querías hablar? —preguntó.

—No de nada. Era algo sin importancia —contesté.

Ella tomó una postura defensiva y se llenó de un orgullo tonto: —No quiero tu piedad. Sí es necesario me moveré lo antes posible.

Yo fui firme en mi decisión: —No te vas a mover a ningún lado. Enfrentaremos este problema juntos y se hará lo que se tenga que hacer. Acondicionaremos un cuarto para que estés cómoda y me encargaré de que no te haga falta nada. ¿Ya le has informado a tu madre?

—No. Aún no he tenido tiempo. Tu eres la primera persona con la que hablo al respecto. Recogí los resultados ayer por la tarde y no tenía ganas de hablar con nadie. Aún no tengo ganas de hablar con nadie, pero sé que esto es algo que tengo que enfrentar —afirmó.

—No te preocupes, tengo un buen seguro médico en mi trabajo y tendrás acceso a las mejores atenciones. Sabes bien que cuentas con mi apoyo incondicional.

Ella necesitaba aclarar un par de cosas y ese era el momento preciso para hacerlo: —No quiero que hagas las cosas por compromiso. Sé que lo nuestro ya no tiene solución, y no quiero que esta situación influya en tus decisiones.

—Ya deja todo eso atrás. Hay cosas más importantes en que concentrarnos. Lo que importa en estos momentos es tu salud y lo demás sale sobrando. Tú me conoces bien y sabes que no te dejaría bajo estas circunstancias. Y no sólo por eso, estamos casados y nos necesitamos el uno al otro. Por favor no me hagas difícil el tratar de ayudarte. Dejemos que las cosas fluyan y enfrentemos todo como viene, no podemos negarlo. Ayúdame a ser fuerte para poder ayudarte.

Ella permaneció en silencio con su mirada fija en la taza de café. Jugaba con su dedo índice de la mano derecha delimitando el borde superior de la taza. Estaba delgada. Una palidez se apoderaba de su rostro afilado y sus labios delgados estaban resecos. Se miraba demacrada, como una estatua a la intemperie que ha pasado a través de innumerables tormentas. Sus hombros denotaban una pesadez milenaria. En su mirada se había clavado el fantasma de la desesperanza. Había un halo de cierta melancolía que la absorbía por completo.

Yo la miraba insensible. Había experimentado un cambio violento en mi interior que me obligaba a ser más duro, más resistente. En mis venas cosquilleaba la sangre, como si estuviese sufriendo una metamorfosis. No sentía ni amor; ni

101

odio, ni piedad, ni rencor, ni empatía, ni lastima. Mis ojos miraban al mundo desde un cristal diferente; desde un ángulo más estrecho. Estaba preparado para lo que viniera, pero, fuera lo que fuera, estaba seguro que las cosas ya nunca volverían a ser igual para ella ni para mí. Se habían tomado decisiones, y se habían dados pasos al frente en busca de una causa definida y distinta. El camino sería largo y lleno de contratiempos; sinuoso y espinado. El olor a muerte llegaba nuevamente y se introducía como un ácido que calcinaba las entrañas. Una sensación de vértigo en caída libre me brotaba en las entrañas. No había muchas opciones en el libreto. Estaba seguro que después de ella, ya no habría nada. Algo dentro de mí, ya había muerto de antemano. La eterna tragedia se seguía escribiendo. La arena continuaba deslizándose por la estrechez del cristal.

Ella se instaló en una de las habitaciones que estaban vacías en la casa. Quería darle su espacio, para que no se sintiera incomoda en su convalecencia. Fui un hombre cordial y atento a sus necesidades. La acompañaba en sus citas médicas y me preocupaba para que no le faltaran sus medicamentos. Ella apreciaba mis atenciones y trataba de no crear discusiones tontas y sin sentido. Sin embargo, había días en los cuales necesitaba descargar la presión que le generaba el estrés de estar condenada a una muerte temprana, agónica, y sumamente dolorosa. Estaba aterrada, pero se sostenía estoica al borde de su dolor. Lo enfrentó de un modo valiente; o al menos, con la mayor dignidad que sus fuerzas le permitían.

Había días en que las horas eran interminables, se extendían sobre la tela del tiempo un poco más de lo normal. Vivíamos en una dimensión ubicada un paso más allá del sufrimiento; justo antes de alcanzar la paz. Era un lugar plagado de sentimientos en constante coalición. Era una zona de transición. Un punto de inflexión. Ella, enfrentando su destino inevitable, y yo la acompañaba sin más remedio.

Su luz se fue apagando poco a poco, como la llama del madero que se consume y se extingue, dejando sólo las brasas esparcidas por la arena de una playa desolada.

A veces, me pedía que le leyera poemas, como tratando de rememorar los viejos tiempos. Y su mirada se extendía en el recuerdo de un pasado no muy lejano, en el cual aún éramos una unidad inseparable. Un aura de melancolía le invadía el rostro y aquella sonrisa de añoranza por lo que fue se dibujaba en sus labios, como una mueca infantil e impoluta. Yo tomaba un libro de poemas de Sabines, Huerta, Nervo, o Paz, y me sentaba en una silla al lado de su cama. Comenzaba a leer de un modo automático, sin sentirlo. Algo se había roto dentro de mí, y ella lo notaba. Las cosas ya no eran igual, y eso la disgustaba. Yo no lo podía evitar, la poesía no me lo permitía. Entonces ella me reclamaba belicosa: — ¿Qué pasa? Hay algo extraño en tu voz.

—No pasa nada. Sólo estoy tratando de leerte un poema —decía lacónico.

—Tú sabes a lo que me refiero. Tu voz es distinta, no es la misma que antes, ha perdido esa magia que me cautivaba. La resonancia de las palabras suena hueca, indefinida, inconclusa.

Yo trataba de ocultar mi falta de interés, mi apatía hacia lo que leía, pero al mismo tiempo no quería lastimarla: — Discúlpame. Estoy tratando de hacer lo mejor que puedo. Lo que sucede es que yo también estoy afectado por tu salud. No quiero que te sientas mal al respecto. A veces, me gana la debilidad y me deja sin ánimos de nada. Pero te prometo que haré un esfuerzo por complacerte.

Ella lo comprendía todo, sólo que le era difícil aceptarlo. Sabía muy bien que algo se había perdido entre nosotros. El pasado había dejado una huella profunda en nuestras conciencias; una marca que era imposible de ignorar. Sin embargo, ella apreciaba mi esfuerzo por tratar de hacer que todo aquello funcionara hasta el final. Ese final que cada día se acercaba más y más. Ese final que nos acosaba como una serpiente que acorrala una presa. Poco a poco se fue acostumbrando a esta nueva etapa en nuestra relación. Aprendió a fingir que le gustaba mi modo de leer los poemas; y trataba de sonreír en mi presencia. Pero en sus ojos se asomaba aquella tristeza profunda e inexorable que habitaba en su interior y reptaba a la superficie a través de su mirada empañada por el dolor.

La enfermedad fue perniciosa y agresiva. Su suplicio duró un año y medio.

Su madre se mudó a vivir con nosotros los últimos tres meses, para ayudar con los cuidados. Mi seguro pagaba por una enfermera de ocho horas al día y cubría las emergencias de media noche. Yo asistía con el aseo y los cuidados básicos. Había salidas de emergencia a la media noche, casi dos veces por semana. Fueron días difíciles, complicados, y desgastantes.

Falleció un martes por la noche. El velorio fue poco concurrido, sólo un par de amigos de ella y los pocos parientes que vivían en la ciudad. Hubo muchas flores. El entierro fue silencioso, con algunos sollozos aquí y allá. Su madre lloraba con una cadencia resignada. Su padre estaba ebrio y lloraba incontrolable, como tratando de lavar algún sentimiento culposo. Yo tenía puesto unos lentes oscuros para el sol. Hubo una reunión de sus familiares y amigos después del entierro, a la que yo no asistí, con el pretexto de sentirme indispuesto. Su madre me dijo al final: —Visítame cuando quieras hijo, yo también me he quedado sola.

Esa tarde regresé a casa y abrí todas las ventanas. Me fui a mi cuarto y me recosté sobre la cama boca arriba, mirando al cielo raso. Permanecí horas recostado, sin pensar en nada, estático, paralizado. A media noche salí en mi auto y me dirigí al cementerio una vez más. Me senté al lado de la tumba hasta el amanecer. Ella sería la última mujer en mi vida. No tenía ni las fuerzas, ni las ganas de encontrar a alguien más.

Capítulo 6

Me dejé atrapar por una apatía absorbente, que me hundió en una depresión perniciosa y delirante. Sentimientos atroces me llenaban el pecho. Me tomaron varias visitas al psiquiatra y una dotación copiosa de medicamentos para controlarla.

Creo que la última persona que cancelé fue a Tony, mi compañero de guitarra. Fue hace como diez años, o tal vez trece, no lo recuerdo bien, pero da lo mismo. En aquella ocasión había estado tocando la guitarra por meses. Compuse un par de canciones y se las quería mostrar a alguien. No había visto a Tony en cinco años, aproximadamente, tal vez más. Fue a la única persona que invité a mi boda. Se puso ebrio y quiso tocar la guitarra. La pidió prestada a uno de la banda y trató de cantar una canción de Marco Antonio Solís, la de: Tu cárcel. Fue un desastre, sin embargo, la gente le aplaudió. Le llamé un domingo por la tarde; lo recuerdo porque estaba mirando una película en blanco y negro, ese tipo de cine que regularmente pasaban los domingos por la tarde en el canal local. Le expliqué que quería que tocáramos un par de canciones que había compuesto. Él estaba un poco ebrio, y me dijo que estaba bien, que le mandara un video de las canciones por un mensaje privado en su red social. Pasé horas tratando de grabar el video de las dos canciones con mi videograbadora digital. Quería que salieran bien. Le mandé los videos una semana más tarde y dejé un mensaje en su teléfono. Pasaron tres semanas y nunca me regresó el mensaje. Durante esas tres semanas esperé con ansia su respuesta, pero nunca llegó. Era algo raro en mí, pero quería convivir con alguien por un rato. Su falta de comunicación significó un insulto. Borré su teléfono de todas mis listas (que estaban llenas de borrones) y lo eliminé de mi celular y redes sociales. Es más, creo que fue por aquellos tiempos cuando eliminé mis redes sociales por primera vez. Era algo intolerable. Mi tiempo era algo muy preciado, como para estarlo perdiendo con gente a la que no le importaba. No tuvo la decencia ni siquiera de contactarme para decirme que no estaba interesado. Durante todo ese tiempo, me había esforzado en practicar diariamente las canciones, para tratar de tener un producto de calidad. Pero todo fue inútil. No volví a hablarle.

En una ocasión, tres años más tarde de la llamada, manejé por delante de su casa. Él vivía a seis calles de mi casa, y en ocasiones tenía que usar su calle para ir a la licorería. Él se iba bajando de su carro y alcanzó a mirarme de reojo al caminar hacia su casa. Yo ni siquiera volteé a verlo. Él levantó la mano para saludarme y al parecer trató de llamar mi atención para que me detuviera, pero yo no hice caso y seguí manejando de frente, ignorándolo totalmente. Alcancé a ver por el espejo retrovisor, como se había quedado parado en la banqueta al lado de su carro, con la mano levantada mirando cómo me alejaba. Experimenté una ligera sensación de satisfacción por lo hecho. Eso le enseñaría a tener un poco de educación y contestar los mensajes. Por mi parte, ya no me interesaba pasar tiempo ensayando con él. De hecho, ya no necesitaba ensayar con nadie. Mi círculo social era estrecho, casi cerrado. Ya no convivía con nadie; así estaba mejor. La gente me enfermaba, no los soportaba.

Tuve una etapa en la cual me vi envuelto en cierto tipo de alcoholismo moderado. Era un tomador solitario de los fines de semana; un dipsómano frustrado. No acostumbraba a tomar en exceso, sólo unas cuantas cervezas, escuchar música y fumar una decena de cigarrillos. Lo hacía los viernes o los sábados, en ocasiones mirando películas que no entendía, o partidos de futbol, que entendía menos. En aquella ocasión, recuerdo que me excedí un poco. Ya había tomado suficiente, pero quería más, y eso se me metió en el pensamiento de modo obsesivo. Culpo más al desorden de obsesión compulsiva que al alcoholismo; o tal vez fue una combinación nefasta entre las dos condiciones que me afectaban. Me sentía un poco mareado, sabía de antemano que estaba intoxicado para manejar, sin embargo, no me importó. Tomé las llaves y me dirigí al auto. En la radio estaban tocando una canción de los Beatles, la de: "Algo en el Camino". Manejé hasta la licorería, era cerca de la media noche y estaba oscuro. Una de las luces del estacionamiento estaba fundida. Me estacioné cerca del callejón y cerré el auto con candado. Entré a la licorería y salí a los diez minutos con un veinticuatro de cerveza en botes, dos cajas de cigarrillos, y una bolsa de papitas fritas. Saqué las llaves del bolsillo de mi pantalón y estaba a punto de subirme al auto, cuando sentí algo en mi espalda. De la nada surgió una voz que me decía que caminara en dirección del callejón. Yo me resistí al principio y traté de voltearme, pero la punta de un cuchillo se clavó en mis costillas acompañado de una advertencia: "No voltees y camina o aquí te quedas". Cuando dimos vuelta por la esquina del callejón, se nos unió otro asaltante, este si lo pude ver de frente. Tenía un paliacate negro cubriéndole la cara, era fornido, y caminaba de modo tosco. No hablaban mucho y cuando lo hacían para dar indicaciones, trataban de fingir la voz en un tono ronco. Yo estaba demasiado intoxicado, pero, aun así, me parecieron voces familiares, sin embargo, lejanas. Tenía demasiado tiempo que no hablaba con nadie del barrio, me fue imposible identificarlas. Pero estaba seguro que ellos sabían quién era yo. Me llevaron hasta detrás de

109

un gran contenedor de basura verde y comenzaron a golpearme. Yo traté de defenderme, pero no podía con los dos, además, estaba demasiado borracho. Me quitaron la chamarra y me tumbaron en el suelo para darme de patadas. Saqué fuerzas de no sé dónde, y como pude me abalancé contra uno de los contrincantes y lo derribé al suelo. Me subí arriba de él y comencé a golpearlo. Él se protegía la cara con sus brazos sin lanzar golpes. Yo continuaba tirando puñetazos, sin realmente acertar ninguno que tuviera un efecto lastimero. Mis fuerzas fueron mermando y comencé a respirar con dificultad. El que se había quedado de pie era el que tenía el cuchillo en la mano. Estaba oscuro y no podía ver bien. Sentí golpes en mi cara nuevamente, y luego un piquete insoportable en mi oreja derecha. Era un ardor intenso que me provocó mareos. Me llevé las manos a la cara y sentí la sangre; no la podía ver, pero la sentía, sabía que era sangre. Finalmente me quedé sin fuerzas y caí al suelo sobre mi espalda, con la cara mirando al cielo oscuro. Miraba borroso, estaba exhausto después de la contienda. Escuchaba las voces de los dos hombres como algo lejano, entre ecos. Los ruidos de la avenida llegaban casi sordos; los autos que pasaban, sirenas lejanas, ladridos de perros, ruidos citadinos que me provocaban una sensación de impotencia, de abandono. Los asaltantes me quitaron la cartera, las llaves del auto, las cervezas, y se marcharon. Uno de ellos se regresó y me dio una patada en la cara, para después salir corriendo hacia fuera del callejón. Escuché como cerraban las puertas de mi auto, luego encendieron el motor y salieron quemando los neumáticos a través del estacionamiento. El ambiente se llenó de un olor a brea quemada. Me quedé tirado en el piso del callejón por un largo rato. Estaba sofocado y adolorido por la golpiza que me habían propinado. Como pude, me arrastré hasta el estacionamiento de la licorería y me recosté sobre la banqueta. Un gato negro se lamía las garras sobre un bote de basura. Llegó una pareja a la licorería y me encontraron tirado a media banqueta. Llamaron a una ambulancia y me llevaron al hospital general. Dure cinco días internado en el hospital. No tenía identificación puesto que los asaltantes se habían llevado mi cartera. De cualquier modo, no tenía a nadie a quien hablarle. No conocía nadie con quien tuviera la confianza suficiente para pedir ayuda. Era incomodo, lo admito; pero esa era mi realidad y tenía que aceptarla costara lo que costara.

Uno de los asaltantes, el de la navaja, me rebano la mitad de la oreja, misma que se perdió en el callejón. Nadie fue a buscarla. Tenía tres cotillas rotas, golpes severos en la cabeza y el resto del cuerpo. Al tercer día, pude poner mis pensamientos en orden y llamé a mi trabajo para notificar lo sucedido. Le informé a mi jefe que me encontraba hospitalizado y que no sabía la fecha en que regresaría al trabajo. Me dijo que estaba bien, que me tomara el tiempo para recuperarme, pero que no me tardara mucho, porque me necesitaba de vuelta en el trabajo. Colgó sin siquiera preguntarme en que hospital estaba. Salí del hospital dos días después. Tuve que pedir dinero prestado a un médico para un taxi. Me habían dejados sin un quinto los asaltantes.

Al llegar a casa, me di cuenta que no tenía la llave para abrir la puerta. Tuve que romper una ventana de la parte trasera de la casa para poder entrar y tomar la llave de repuesto que tenía escondida en la alacena. Me había quedado sin coche, sin identificaciones, y sin licencia. Estaba demasiado cansado para pensar en soluciones en ese momento, así que me fui directo a la cama y dormí profundamente por diez horas continuas.

Compré otro auto al día siguiente. Era usado, pero estaba en buenas condiciones. Era sólo un par de años viejo, pero el motor se escuchaba bien, para mi gusto. Odiaba ir de compras en los lotes de autos, así que lo adquirí de un dueño particular. No quería complicaciones, así que tomé una revista de venta de autos y busqué uno que me gustara, llamé al vendedor y nos citamos para la venta. Él tipo me juró que era una joya y que me lo estaba prácticamente regalando. Yo traté de fingir que sabía un poco de autos, pero al final terminé haciendo el ridículo. Mi compañía de seguros encontró el viejo auto que me habían robado en un lote baldío, con los vidrios rotos, sin motor, sin llantas, sin estéreo, y sin asientos; una pérdida total.

Cambie todas las chapas de las puertas de la casa. Mandé colocar rejas en las ventanas. Me encontré inmerso en un delirio de persecución agotador, una paranoia indescriptible. Daba varias vueltas a la calle antes de llegar a casa, para asegurarme de que nadie me viniera siguiendo. Cuando llegaba de noche a casa, revisaba las esquinas y los alrededores para evitar ser sorprendido una vez más. Caminaba volteando hacia atrás todo el tiempo. Me ponían nervioso los estacionamientos vacíos. Procuraba no hacer compras de noche. Me obsesioné con las notas rojas del diario local. Y todo esto sólo me llevó a una conclusión: necesitaba una pistola.

Tenía que formular un plan para obtener esa arma que me diera seguridad y tranquilidad. Al principio pensé en comprar un arma nueva en una tienda especializada en armas de fuego, para que estuviera registrada. Pero después de pensarlo bien, mis planes cambiaron. Quería que de cierto modo la gente se enterara que tenía un arma, bueno, al menos la gente de la calle, los asaltantes, los pandilleros, los ladrones; que eran a los que les temía. Y sólo había un modo de lograrlo, y ese modo se llamaba: Nano. El Nano era un pandillero convertido en traficante, quien era muy conocido en el bajo mundo por vender armas. Lo había conocido desde mi etapa en la preparatoria. Nunca fuimos amigos, pero nos conocíamos el uno al otro. Él era, al final de cuentas un hombre de negocios. La idea era que, si obtenía mi arma con el Nano, todo mundo se enteraría que tenía una. Al menos, todos en el barrio lo sabrían. Las noticias corrían como pólvora por las calles del barrio y sabía que de la noche a la mañana sería un hombre temido por tener un arma. Mi plan tenía que funcionar. Al menos quería creerlo, tenía que creerlo para tener un poco de paz en mi interior. La situación era por demás desgastante. Sabía que estaba sólo y no tenía a nadie que me respaldara. Como siempre, era yo contra el mundo. Ese mundo que se convertía en un territorio más hostil, día con día. Las bestias estaban agitadas allá afuera, y yo no podía ser una presa fácil. Si querían un pedazo de mí, tendrían que pelear duro para obtenerlo.

El Nano vivía a las afueras de la ciudad, en uno de los barrios más marginales del municipio. No tenía modo de contactarlo, así que decidí ir a buscarlo a su casa directamente y realizar un trato allí mismo. Fui de día, a las diez de la mañana. No me atrevía a manejar por aquellas calles de noche y solo, sin conocer a nadie. Era algo sumamente riesgoso. Su casa era una pequeña construcción de bloques de concreto, llena de grafiti, que denotaba el poderío de las pandillas locales. El patio frontal era de tierra y tenía un caminito de concreto que comenzaba a la orilla del cerco de alambre y terminaba en la puerta de entrada. Las calles del barrio estaban sin pavimentar. Muchas de las construcciones eran de ladrillo o bloque de cemento desnudo y estaban sin terminar, con las varillas de acero de las columnas inconclusas, expuestas a la intemperie. Las bardas estaban ralladas de grafiti también, así como de anuncios de eventos locales enmarcados por un fondo blanco de una mancha de cal. "Ramón Ayala se presentará el dos de diciembre en la Plaza Calafia", se leía en una pared. Había lotes baldíos por todas partes. Manadas de perros callejeros se paseaban por las calles. No se miraban policías por aquellos lugares. Toqué a la puerta y me abrió una chica con indumentaria de chola; con el pelo pintado de negro peinado hacia atrás, los labios rojos, y las cejas delineadas con marcador. Tenía un tatuaje de la Santa Muerte en el hombro izquierdo y otro de una rosa en la muñeca derecha. Ella me dejó pasar después de preguntarme quien era y que quería. Yo especifiqué que tenía un negocio pendiente con el Nano. Me condujo hasta el último cuarto de la casa, quedaba al final de un pasillo corto. Él estaba delante de una computadora y a sus espaldas había una mesa plegable de plástico, llena de bolsas de marihuana, y dos cholos tatuados y bigotones estaban empacando paquetes en bolsas de plástico y las pesaban en una báscula. El Nano era un tipo de estatura media, delgado, moreno, con los ojos rasgados, y de aspecto indígena. Su pelo cortado al rape. Tenía puesta una camisa de tirantes de algodón blanca y llevaba unos pantalones de mezclilla holgados y tenis de lona. Tenía tatuajes por todo el cuerpo: uno de la Virgen de Guadalupe en su antebrazo derecho, una telaraña con calavera en el cuello, una lágrima negra saliendo del ojo izquierdo, y tres puntitos en la mano derecha; justo entre el espacio del dedo pulgar e índice. Los tatuajes de la lágrima y los tres puntitos en la mano indicaban, en el lenguaje simbólico del bajo mundo, que había matado. Era un asesino: semi—confeso, anónimo, e impreciso ante la vista de todos. Su aspecto de pandillero salvaje provocaba temor y repugnancia. Él no me reconoció al principio, y regañó a la mujer por dejarme pasar sin su permiso. Ella se disculpó por el error, aludiendo que ella no sabía qué hacer. Él se portó condescendiente y le dijo que no lo volviera hacer porque era peligroso. Después fijo su atención en mí, me miró fijamente como tratando de recordarme, hasta que abrió los ojos sorprendido y me dijo: — A sí, ya me acorde quién eres bato. Eres ese loco que se aventó un discurso medio perrón una vez en el parque que está cerca de la preparatoria. Me acuerdo que la cosa se puso medio pesada aquel día. Úrsulo te llamas. ¿Qué se te ofrece?

Yo fui directo al grano. No hay otra forma de hacer las cosas con esa gente. A ellos no les gusta perder el tiempo en introducciones y rodeos inútiles. Mientras más rápido mejor. Tiempo es dinero. —Estoy buscando una pistola —dije lacónico.

Él se mostró desconfiado al principio: — ¿Y quién te dijo que yo tenía armas en venta? —preguntó.

—No, nadie me lo ha dicho —espete—, pero tú sabes, siempre se ha corrido el rumor que tu vendes armas y la verdad es que necesito una.

—Estas seguro que no me estás poniendo un cuatro. Qué tal si trabajas con los chotas y me quieren apañar. Nada más te digo que conmigo no se juega —dijo en tono amenazante.

—No te preocupes. Yo no tengo nada que ver con nadie y menos con la policía.

— ¿Y tú para que quieres un arma? —preguntó con esa mirada de coyote desconfiado.

Yo traté de ser sincero para que me tuviera confianza: — Hace unos días me asaltaron y por eso estoy buscando un arma. Necesito tener algo con que defenderme. Ya sabes, hoy en día no puede estar uno seguro ni en su propia casa.

—Así que te asaltaron. Creo haber escuchado algo al respecto. Tú sabes, las noticias vuelan por acá y uno se entera de todo —dijo.

Yo sabía de cierto modo que él estaba enterado de quienes eran mis asaltantes. Pero no quería comprometerme con él en una indagación que sólo me acarrearía más problemas a largo plazo. Ya las cosas estaban hechas, solo tenía que asegurarme de que no volvieran a suceder. Así que fui tajante en mi petición: —La verdad, lo único que me interesa en estos momentos es obtener un arma. Lo demás sale sobrando. Tienes algo disponible para mí.

Él lo comprendió al momento. —Bueno, pues vamos al grano. La verdad es que tengo un par de pistolas que me acaban de llegar.

Se fue a otra habitación y a los cinco minutos llegó con

115

una caja de metal color negro, de la cual sacó una bolsa de tela color rojo que en su interior tenía tres pistolas. Me mostró las tres armas y me dio una gran explicación sobre cada una de ellas, demostrando su conocimiento en el ramo. Yo lo escuchaba, pero no podía entender nada de lo que me decía. Me hablaba de nombres y calibres y medidas de balas. Paso más de media hora mostrándome sus habilidades para desmontar las pistolas. Me explicó el funcionamiento de cada uno de ellas con lujo de detalle. Al final me decidí por una escuadra Colt de 9 mm, con cacha color café. Me la ofreció a buen precio y finiquitamos la transacción allí mismo. Yo iba preparado con el dinero suficiente, puesto que había hecho una investigación previa acerca del costo de las armas en el mercado negro. Me dio una caja de balas y nos despedimos.

Llegué a casa a las tres de la tarde. Me había detenido en una tienda de artículos de segunda que me encontré a la salida del barrio. Todo era viejo y polvoriento. El lugar estaba atendido por una viejita delgada con un huipil blanco con bordados oaxaqueños. Me llamó la atención una cafetera de aluminio con capacidad de un litro, pero no me convenció al final. Me encontré una taza de cerámica con un dibujo de alcatraces de Diego Rivera. Estaba en buen estado y era un poco pesada. Estaba a buen precio y la compré.

Entré a la casa, y caminé por la sala hasta quedar delante del gran espejo que se encontraba en la pared del fondo de la habitación. La pared estaba pintada de un color bermellón. Por el costado derecho daba entrada a la cocina y detrás de ella se encontraba un cuarto de baño. Aquel espejo era un regalo de mis abuelos a mi madre. Había pertenecido a la familia por generaciones. Era un espejo descomunal, de un metro y medio de alto por dos de ancho y tenía un marco dorado de madera labrada en estilo barroco. Colgaba de la pared sobre la cómoda de caoba. Había demasiada historia familiar en aquella pieza. Yo había caminado miles de veces delante de aquel espejo a través de los años de habitar en la casa; toda la vida para ser más preciso. Ese día descubría algo que me cautivo en su reflejo. Me detuve delante de la cómoda, puse la pistola que traía en la mano sobre ésta, al lado de un florero con flores marchitas que habían estado allí por años. Coloqué suavemente mis manos sobre el mueble de caoba. Mi mirada estaba fija en el reflejo del espejo. Había algo especial en el brillo de la mirada que se reflejaba en el espejo aquel día. Se percibía algo extraño, desconocido, con un toque siniestro. El brillo de la bestia interna que se asomaba, y haciendo un esfuerzo, luchaba por salir a la superficie y estallar de una vez por todas. Quería tomar posesión soberana de mis pensamientos y mis acciones. Quería el pleno dominio renegando a ser reprimido una vez más. Me quedé perplejo ante la imagen grotesca que se reproducía insolente ante mis ojos. El rostro estaba rígido, con la mandíbula apretada, y reflejaba una tención intensa bajo los ojos. Mis labios dibujaban una mueca deforme; una especie de sonrisa sarcástica que me retaba, grosera, desafiante, con un aire amenazante. Permanecí hipnotizado, contemplando la inmensidad del abismo que se abría ante mí; e inevitablemente me fue arrastrando hasta hacerme formar parte de él. Vértigo en caída libre. El terror de enfrentar al enemigo cuando se está desarmado y vulnerable. La emboscada sorpresa que nos lleva a la perfección. Ante mí permanecía erguida la imagen de un alma enferma y deforme que gritaba desde lo más recóndito del ser: ¡Eres un fraude! Sólo te engañas a ti mismo, de un modo cobarde. El silencio representa la lápida de tu encierro. Has labrado las paredes de tu cárcel con las bases de la apatía, la indiferencia, y el estigma del rechazo. Has hecho de tu vida un monólogo sordo, agrio, y sin color; una película en blanco y negro, muda y sin audiencia. Y cuando miras hacia adelante, tan sólo ves desolación. Y cuando miras hacia atrás, tan sólo ves la nulidad y el vacío. En el fondo de ti, sientes lastima por tu patética existencia. Y ahora piensas que la felicidad reposa sobre tus manos en un arma tibia y pesada". Repentinamente, bajó un pesar del cielo que me cubrió todo el ser. Me sentía sofocado y el aire era insuficiente, lastimero, austero. El corazón latía como queriendo estallar en mil pedazos. Un hueco doloso se abría en mi vientre, como una mancha negra que quemaba por dentro. El ángel de la miseria me apretó entre sus alas de acero azulado y un dolor profundo brotó de la nada. La habitación se llenó de sombras oscuras y acosadoras que revoloteaban a mi derredor como pájaros espantados. En mi pensamiento sólo había desesperanza y duda. Mil llagas brotaban ardientes de mi pecho, y una tristeza inmensa me tomó por el cuello, con sus manos de escarcha que laceraba la piel. Y esa migraña incesante que martillaba sin tregua como si fuese un Prometeo endemoniado, como una quimera enloquecida que lloraba la desgracia al viento.

Bajé la mirada lentamente y miré la pistola que reposaba sobre la cómoda de caoba. Ahí estaba aquella arma letal con esa aura oscura, silenciosa, y seductora de la muerte. Una voz lejana me llamaba en un cántico melodioso de una lengua arcaica y desconocida. Ahora el cañón de la pistola reposaba a un costado de mi cabeza sobre mi sien derecha. Su boca fría me mordía la piel como una serpiente de la desgracia. Mi dedo cosquilleaba víctima de una excitación oscura y enferma. Sólo bastaba un leve movimiento para que sobreviniera el final. Mi pensamiento permanecía estático, las ideas no fluían, estaban estancadas en algún agujero negro a millones de años luz de mí. En el espejo, la mirada desquiciada y aquella sonrisa: ajena, lejana, e incitante. Sólo un segundo bastaba para el estallido. Mis ojos parpadearon un poco por el cansancio; por la tensión que se ceñía como un cincho sobre la conciencia. Buscaba una razón para desistir; un motivo para bajar las manos y retroceder. Un ligero temblor me sacudió el cuerpo de repente; un estremecimiento pausado y sorpresivo. En mi frente un sudor helado y mi respiración excitada con los pies al borde del abismo. Sólo un soplido y se abriría el camino hacia la nada; hacia el silencio. "¿Cuánto dura la eternidad? —preguntó Alicia". Y el conejo respondió: "A veces tan sólo un segundo". Y es que, un segundo basta para atravesar el umbral, y del otro lado se encuentran las llanuras de lo eterno. ¿Y si en verdad existe el castigo? Entonces sólo habrá un fuego inexorable, extenso, absoluto, y total, abrasándolo todo. Sobre mis hombros el peso de los siglos presionando hacia abajo. Un pesar inconmensurable me apretaba el alma; la conciencia; la psique; o que se yo. Había algo dentro que dolía; algo que clamaba la justicia del descanso. En la imagen del espejo había unos ojos delirantes y coléricos. Y una excitación malsana cosquilleaba en mis dedos. Mis venas estaban encendidas por ardientes flujos de lava amarga.

El ladrido de los perros en la calle me sacó de mi perplejidad. Aquellos perros en la calle que ora ladraban, ora aullaban enloquecidos. Una sirena de ambulancia se escuchaba a lo lejos. Pero aquellos ladridos lograron hacer que saliera de mi letargo; de aquel embrujo maligno. Entonces lo comprendí: la imagen del espejo era mi enemigo. Era preciso derrotarla para vencerme a mí mismo. Era necesario enfrentar mis temores, mis debilidades, y mis frustraciones para crecer. Renovarse o morir. Cambiar de piel. Giré la pistola y disparé contra el espejo haciéndolo estallar en mil pedazos.

Había sido víctima de un momento de flaqueza; un descuido; una debilidad; un desliz emocional que por poco me cuesta la vida. Pero no, la muerte tenía que esperar un poco más. Y es que, al final de cuentas, ella siempre es la que gana. Todo es cuestión de tiempo. Teníamos una cita pendiente en otro lugar de la casa.

Ahora tenía que reconfigurar mi estructura emocional una vez más. Poco a poco fui desglosando mis opciones. La resiliencia era una posibilidad, así como una muerte psicológica, o muerte mística, la autoexploración, o tal vez, el abandono total. Pero, el rendirme ante los demás nunca fue una opción. No bajaría mis manos por nada del mundo. Pronto me di cuenta que la resiliencia no me brindaba alivio, sino una posibilidad de adaptación que no deseaba. Opté por la muerte psicológica (o lo que yo entendía de ella) y el renacer de mi conciencia. Resurgí de las cenizas con mis heridas cauterizadas. Estaban sanadas, pero presentes, recordándome las batallas del pasado; un pasado que se termina por aceptar, pero que nunca se olvida. Si era otro, pero uno muy parecido al anterior. Me volví más desconfiado y resolví hacer la paz con el resto del mundo antes de que este terminara por destruirme. Pero las cosas serían como siempre: a mi manera. Aferrado hasta la médula. Resolví ser un rebelde absoluto. Renuncie a la sociedad por completo; la convivencia era algo dañino para un individuo con mis características y tenía que ser erradicada de mis actividades; claro que ésta nunca fue una de mis prioridades. Sería un muerto viviente que pasa desapercibido ante los demás. Un fantasma. De cierto modo es algo que siempre había sido. Un ermitaño citadino, solitario empedernido. Una bestia arisca e impasible que habita invisible entre la gente; que lame sus heridas envuelto en la furia de los tiempos. Un luchador solitario en la batalla interna. Decidí el no renegar de mi suerte y aceptarla tal cual era; no tenía otra opción. No sentiría lástima de mí mismo, por el simple hecho de no encajar en los moldes establecidos por esos diseñadores del estado. No era el primero, ni sería el último, de eso estaba seguro. No me doblegaría ante sus aparatos represivos. Y, es que, este sistema social no es apto para todos; o tal vez será que no todos somos aptos para él. Hay pequeños desperfectos; errores de diseño por donde nos escapamos algunos inadaptados; deficiencias en el esquema que no le permite atrapar a todos los elementos en su red. Yo era uno de esos elementos y estaba dispuesto a luchar hasta la muerte, y no dejarme vencer por sus leyes y mandatos plagados de errores; defectuosos por diseño. Sería una fuerza subversiva capas de destrozar sus trampas y perseguir mi liberación. Mi venganza radicaba en la no pertenencia; en el no someterme a los demás. No quería ser un ciudadano, ni formar parte de ninguna patria. Yo sería mi propia patria y me regiría bajo mis propios mandatos. Pero se sobreentiende que no soy un estúpido y no estaba dispuesto a caer en los patéticos jueguitos violentos que me pondrían bajo riesgo. Era una lucha solitaria y egoísta en la cual sólo era solidario conmigo mismo. Y dispuesto estaba a pagar cualquier precio. No tenía sentido atacar a nadie porque eso significaría el luchar por la patria de otro. Y es que, con la violencia, uno nunca sabe para quién trabaja. No sería un vigilante justiciero, porque nunca creí en la justicia. Sólo tenía por dentro un rechazo total hacia todas las ideologías. No formaría parte de ningún grupo, porque las asociaciones me daban asco. Mi plan era el dejar la menor huella posible sobre la tierra; el no producir beneficios para nadie; porque los beneficios generan impuestos, y ya era suficiente con los impuestos que había tenido que pagar toda mi vida. Y al decir impuestos no me refiero sólo a los monetarios que cobra el estado, sino a todos esos pagos emocionales que he tenido que pagar a través de mi existencia. Sería un Nihilista absoluto, total y radical; le daría una nueva dimensión al concepto. Si es verdad que el Nihilismo es una ideología y yo detesto las ideologías, pero que puedo hacer, es la única opción posible hasta el momento. Pero como ya lo dije: le daría una nueva dimensión. Porque me era necesario el restructurar el pensamiento para sabotear su juego de colmena; su esclavitud de hormiga resignada. Mi pensamiento tenía que ser menos estructurado y más fluido. Era preciso el cortar las ataduras que aún me encadenaban al sistema económico. Sin embargo, era necesario utilizar todas las armas posibles para no ser vulnerable ante la sorpresa del cambio. La transición iba a ser lenta y calculada; una metamorfosis total. Tenía que ser lo suficiente valiente, para extenderme en mi búsqueda interna y cancelar las amenazas que provenían del exterior. Tenía como única herramienta; como arna única: la soledad. Porque la soledad nos libera del mundo; nos emancipa de las trampas de la convivencia. En ocasiones se vuelve en una suerte de alivio revolucionario; de cárcel protectora; de consuelo único e inevitable. Abre espacios inconmensurables donde tus alas se extienden hasta el infinito. Ahora era un guerrero y soberano de mi propio reino.

Junté los vidrios rotos del espejo y fui a tirarlos a la basura. Un perro negro estaba parado en la banqueta al frente de mi casa. Me miraba curioso con la lengua de fuera y su respiración acelerada. A lo lejos se escuchó una voz que gritaba: "Negro". El perro volteó hacia un costado y se puso a caminar calle abajo; en ocasiones volteaba hacia atrás para verme de reojo. Sostuve la imagen de la calle serena y callada en mi pensamiento. Trataba de no pensar en nada que me pudiera alterar nuevamente. Necesitaba relajarme con algo. Había renunciado al alcohol; después de lo que me había pasado, era la mejor decisión. No podía exponerme y ser vulnerable ante los demás por estar en un estado inapropiado. El alcohol se volvió uno de mis enemigos y tuve que cancelarlo de mi vida. Ahora sólo me quedaba como única opción adictiva: la computadora. Así que no quise esperar más; necesitaba algo que me excitara la adrenalina sin salir de casa. Me conecte al Internet y dejé que mi aventura comenzara. Estaba surfeando las noticias en mi computadora; la verdad, era un adicto a la nota roja. Repentinamente me topé con historias de feminicidios realizados a lo largo y ancho del país. Cuando vine a ver, ya había pasado horas leyendo historia tras historia sin parar. Era algo incomprensible, brutal, aberrante. Tanta maldad hacia la mujer, me enfermaba. Mi cerebro no tenía la capacidad para entender tanto horror, tanto odio. En ese momento tomé un lápiz y un papel y comencé a escribir un poema. Nunca había escrito un poema, esa era mi primera vez. Pero lo sentía como una necesidad interna que reclamaba aflorar en la superficie. Ese sería mi único poema. Y así fue como lo titulé: Silencio.

Silencio
Otra niña que se pierde entre las calles
Otra mujer que ha dejado de existir
Hay alguien que ha perdido un amor
Hay alguien que ha perdido una esposa
Hay alguien que ha perdido a una novia
Hay alguien que ha perdido a una amante
Hay alguien que ha perdido a una madre
Hay alguien que ha perdido a una hija
Hay alguien que ha perdido a una hermana
Hay alguien que ha perdido a una amiga
El mundo entero ha perdido el sentido
La violencia el odio y la locura nos asfixia
Y aquí no ha pasado nada
La vida sigue indiferente, lenta, amarga
Los cuerpos sin nombre a la orilla del camino
La sonrisa de la muerte en los vitrales
Que da un beso lánguido, frío, y lleno de desgracia
¿Es que acaso aún no hemos nacido?
Sólo flotamos en este abismo de dolor interminable
Fosa común, lamento, llanto, y mortajas
Impotencia, miedo, angustia, y desesperanza
Mil maldiciones para aquellos que derraman
La sangre de los cuerpos inocentes
Que han abusado brutalmente a las mujeres
Que han ignorado el llanto inconsolable
De sus familiares, de sus amigos, de sus amantes

Tu eres la bestia, el infame, el enemigo, el asesino
Que te atraviesen como fuego mis palabras
Que se congele tu cuerpo de maldito
Que se te llenen de hielo las entrañas
Que tu vida se vuelva insoportable
Que el infierno se apodere de tus días
Que se llenen tus venas de veneno
Y te arrastres por las calles sin consuelo
Silencio
Los cuerpos ya sin vida que gritan a los vientos
Y sus gritos los ahoga el silencio interminable
El silencio plagado de injusticia
El silencio plagado de violencia
El silencio plagado de apatía
El silencio plagado de terror
El silencio plagando de ignorancia
Un país entero convertido en cementerio
Un país entero salpicado de sangre
Un país entero con su vientre corrompido
Un país entero en donde muere la esperanza
Que recen oraciones aquellos que tienen fe
Y todos aquellos que ya lo han perdido todo
Que el consuelo acaricie sus conciencias
Silencio, silencio, silencio.

Ahora era un poeta del vacío con un sólo poema que nadie leerá. Soy una mueca empírica, burda, brutal, no pulida por la academia. Un sarcasmo desquiciado que brota de lo oscuro con un grito aterrador. De una cosa estaba seguro, soy un poeta malo, terrible, incomprendido, e ignorado. Pero qué más da, algún día todo esto no será más que una bola de fuego, cuando el sol nos atrape en su supernova. Y llegará el día, así como dijo Nietzsche, en que el pensamiento humano muera y no quedará ni un vestigio de su existencia. La infinidad del tiempo se lo tragará todo y volveremos a ser ceniza, polvo, la nada. La eternidad se extenderá una vez más triunfante y con un suspiro nos brindará su desdén y continuará su camino. Y el fuego consumirá toda la tierra. Y seremos polvo de estrellas una vez más. La verdad es que siempre he sido terrible para citar filósofos. Pero me he dado cuenta que las grandes mentes tienen la tendencia de culpar al pobre de Nietzsche de todos los males del pensamiento moderno y postmoderno; y tal vez tengan razón. El bigotón sajón era un cabrón bien hecho. Inadaptado hasta la médula el condenado.

Después del incidente del asalto, las cosas dieron un giro inesperado y desafortunado en mis relaciones laborales. Al parecer, se crearon secuelas derivadas del altercado del callejón que afectaron mi estado emocional de un modo pernicioso. Había desarrollado un delirio de persecución moderado, leve; pero inevitablemente presente. Cargaba la pistola en mi auto en todo momento, la guardaba debajo de mi asiento cuando conducía, y al parar en los semáforos, la ponía entre mis piernas. Siempre estaba mirando para los lados y para atrás, como si alguien me estuviera siguiendo. La gente lo notó, y el ambiente a mi alrededor en el trabajo se tornó amargo. Mi oreja partida a la mitad, dio pie a una nueva dimensión de burlas y sobrenombres sarcásticos entre los empleados del almacén, que de antemano sentían una severa antipatía hacia mi persona. Tengo que confesar humildemente, que esa antipatía me la gané a pulso. Se escuchaban cuchicheos y comentarios incomodos a mis espaldas cada vez que pasaba por delante de un grupo de empleados. En ocasiones aparecían dibujos de una cara con una oreja partida a la mitad en mi escritorio. Y cuando salía a preguntar quién lo había hecho, todos lo negaban. Llegué a sospechar que fueron los mismos empleados los que me habían asaltado. Varias veces hablé con mis supervisores del trabajo al respecto. Se dio una notificación al personal ordenando que el acoso debería darse por terminado o se tomarían medidas drásticas de corrección, tales como el despido a aquel que se sorprendiera efectuando dichas actividades. El hostigamiento cesó por un par de semanas; sin embargo, regresaron los rumores y los sobrenombres sarcásticos y los dibujos burlescos entre los empleados, sin que nadie fuera culpado, ni reprendido por hacerlo. Surgieron sobrenombres desagradables tales como: "Van Gogh", "Evander Holyfield", y "El Mocho", entre otros más. Al final, los supervisores desistieron en su apoyo y no se atrevieron a impartir ningún tipo de castigo hacia mis agresores. Estaba solo contra el mundo, una vez más.

Dos meses más tarde, sucedió algo inesperado. Alguien trató —de manera estúpida— de usar una de mis tarjetas de crédito robada, para efectuar una compra por teléfono. El banco mandó un reporte a la policía y se abrió una investigación. La pesquisa no significó una tarea complicada, tan sólo fue suficiente rastrear el número de teléfono y de ese modo se pudo dar con el culpable. El pobre diablo era tan estúpido, que realizó la llamada desde su propia casa y no se pudo figurar que la tarjeta había sido cancelada dos meses atrás y reportada como robada, en la misma semana que se cometió asalto. El tipo era reincidente, había estado un tiempo en la cárcel por los mismos motivos: asalto a mano armada. La verdad es que hay gente que no aprende, o no quiere aprender, o simplemente son estúpidos; o las tres cosas combinadas. Lo capturaron a la salida de su casa y con un par de golpes confesó todo. Delató a su cómplice, que era un drogadicto del barrio, sin oficio ni beneficio. Me llamaron a declarar, y a identificar a los culpables. Ellos ya eran delincuentes confesos, así que mi presencia sólo se trató de un formalismo. De cualquier modo, pude ver de frente y a los ojos, al que me había rebanado la mitad de la oreja aquella noche del asalto. Era un hombre de estatura media, de espalda ancha y de brazos gruesos. Tenía una mirada rencorosa y llena de odio; ojos oscuros e inquietos como los de una rata. Ya lo había visto en otras ocasiones en el almacén. Nunca le dirigí la palabra. Había entrado a trabajar un año atrás. Era callado, meticuloso, y un tanto reservado. Tenía un grupo de amigos con los que convivía los fines de semana para consumir alcohol y drogas. Ese mismo grupo era al que le escuchaba hacer cometarios cuando pasaba delante de ellos. El otro, el pandillero drogadicto, era un tipo un tanto insignificante, desgarbado, de complexión robusta, moreno y tatuado; con indumentaria de tumbado. Traía puestos unos pantalones Dickies color caqui, camisa de algodón blanca y holgada, y un paliacate negro amarrado en la cabeza que le cubría la frente. A él lo conocí en mi adolescencia. Era proveniente de una familia disfuncional; padre alcohólico, y hermanos encarcelados por distintos delitos. Nos juntábamos con el mismo grupo de revoltosos en la preparatoria. Me caía bien. Nunca tuve problemas con él, hasta la noche del altercado. Comprendí que su participación en el asalto no fue nada personal contra mí. Lo hizo porque era simple y sencillamente a lo que se dedicaba, a asaltar. Nos liamos a golpes, pero fue parte del momento; gajes de su oficio. Como fuera, ahora iba a pasar varios años encarcelado junto a su cómplice. El pandillero, de nombre Paco, volteó a verme, inexpresivo, sus ojos vacíos no decían nada, eran indiferentes, ajenos. Su semblante asemejaba a una rancia resignación; era como si siempre estuviera esperando a ser condenado y encarcelado, como si hubiese nacido culpable, sin oportunidad de un juicio. La mirada del otro asaltante era distinta, reflejaba odio y ansias de venganza. El castigo a sus actos le significaba una ofensa a su ser egocéntrico, narcisista, y malvado. No mostraba señales de arrepentimiento alguno, sino al contrario, su moral corrompida justificaba su proceder y redimía sus actos, por más atroces que estos pudieran ser.

Al final la justicia triunfó: ciega, implacable, tajante. Cuando miré que los asaltantes se alejaban esposados,

127

experimenté una sensación de liberación y arropamiento que no había sentido desde hacía mucho tiempo, cuando era pequeño y mi madre me abrazaba. El gusto no me duró mucho tiempo. Llegué a pensar que al ser capturados los asaltantes el hostigamiento iba a cesar, pero no fue así. A las dos semanas de la captura de los asaltantes, los cuchicheos a mis espaldas regresaron. Los rumores molestos me perseguían y los dibujos ofensivos continuaban apareciendo en mi escritorio. Ya no tenía confianza en mis supervisores, así que no había a nadie a quien acudir por ayuda. Se corrió el rumor que era un enfermo mental, y que estaba obsesionado por un delirio de persecución severo. Tengo que confesar que tenían un poco de razón, pero estaban fuera de proporción. Su aversión hacia mi persona hacía que las dimensiones de mis actos se amplificarán de modo exagerado. La situación se desbordaba y estaba a punto de salirse fuera de control. Por más que trataba de ignorarlo, no podía evitar el ser afectado por las hostilidades que se cernían a mi alrededor. El lugar de trabajo se convirtió en un infierno.

El punto culminante de la situación; el clímax por así decirlo, sucedió una noche al salir del trabajo. Había estacionado mi auto en la parte trasera del edificio. Ese fue el motivo por el cual utilicé la salida de servicio del almacén. Me topé con un grupo de cinco individuos que fumaban sobre la plataforma de entregas y descargas. Ya era tarde y las luces del estacionamiento estaban prendidas. Una luna cuarto menguante se asomaba entre las nubes a lo lejos, en un cielo oscurecido. Caminé en dirección a mi auto, cuando escuché esas risitas a mis espaldas que se sentían como dardos y me tenían tan cansado. Al llegar a mi auto, me encontré con algo tan desagradable y de mal gusto que hizo que me hirviera la sangre y no pude contener la ira ni un segundo más. En el parabrisas de auto estaba pegada con una cinta adhesiva una oreja de plástico. Era la gota que había derramado el vaso. Experimenté un leve mareo del coraje tan inmenso que me embargo por dentro. Permanecí parado delante del auto, mirando atónito al parabrisas y a aquella mofa inaudita hacia mi persona. Aquello había rebasado los límites de mi tolerancia. Estaba cansado de ser la burla de todos en el almacén. Su juego casi infantil se había transformado en una pesadilla que me afectaba de manera directa. No podía comprender la dimensión de su odio. Me resultaban un tanto repugnantes sus acciones. Estoy seguro que los culpables de todo, eran tan sólo un grupo de unos cuantos empleados, pero los demás, eran igualmente culpables al seguirles el juego. No quise voltear a la plataforma, pero sentía sus miradas sobre mi espalda. Ya no hacían ruido. Permanecían en silencio, como esperando por alguna reacción de mi parte. Subí a mi auto y lo encendí. Permanecí quieto, esperando en medio del estacionamiento. Puse la radio, estaban tocando: Triste Canción de Amor. Tomé un cigarrillo y lo encendí. Fumé lentamente, inhalando con ferocidad, dejando que el humo me llenara los pulmones. El parabrisas se empaño un poco. Bajé el vidrio de la ventana y estiré la mano hasta alcanzar la oreja de plástico y la arranque. Los hombres en la plataforma platicaban ahora con toda normalidad. La noche avanzaba despacio como un lobo acechante y furtivo. El humo remolineaba necio delante de mis ojos y a lo lejos, aquellas voces ajenas, sordas, burdas, de empleados frustrados; rencorosos de la vida. Estiré la mano hasta abajo del asiento y sentí el acero frío de mi pistola. La saqué lentamente y la puse entre mis piernas. Revisé que estuviera cargada y le quité el seguro. Nunca he servido para ejercer el papel de víctima. Hay gente que lo disfruta, algunos hasta le sacan provecho, hay naciones que se han formado bajo el papel de víctima; yo no. Siempre he peleado para atrás. Hay que devolver los golpes mientras puedas. Cambié la estación de radio y encendí otro cigarrillo. Ahora estaban pasando la canción: Baraja de Oro de Ramón Ayala. Tenía una botella pequeña de brandy en la caja de los guantes; la agarré, la destapé, y le di un trago. Ya no tomaba alcohol, pero aquel día lo necesitaba, aunque fuera un poco. Parecía que estaba en una cantina de mala muerte: alcohol, cigarrillos, armas, y Ramón Ayala. Sólo me hacía falta una prostituta sentada en mis piernas. El espejo retrovisor estaba empañado. Lo limpié con mis dedos, y eché otro vistazo a los tipos de la plataforma. Allí estaban los cinco despreocupados y comprometidos en su plática estúpida y sin sustancia, trivial, y vacía. Terminé con el segundo cigarrillo y apagué la radio. Encendí las luces del auto, maneje en reversa unos metros y después maneje despacio hacia adelante en dirección de la plataforma de descarga. Los hombres miraron el auto acercarse y ni se inmutaron. Me estacioné delante de la plataforma. Entonces fue cuando llamé su atención. Se quedaron mirando al auto, callados, y un poco sorprendidos sin saber que esperar. Yo escondí la pistola debajo de mi camisa; la cacha reposaba al lado de mi ombligo y el frío cañón me rosaba el pene. Me bajé del auto con la oreja de plástico en la mano y caminé en dirección del grupo. Dos de ellos estaban sentados en cajas de madera, los otros tres estaban recargados contra la pared. Se me quedaron viendo con la boca abierta, como pasmados. Caminé hasta estar delante de ellos y les arrojé la oreja de plástico a los pies para después preguntar: — ¿Quién fue el mamoncito que hizo esto? —. Uno que se creyó muy bravo, me respondió altanero: — ¿Pues qué quieres? —. Dio un paso al frente y fue cuando saque mi pistola. Todos se espantaron y retrocedieron poniendo las manos al frente y pidiendo que me calmara. No pude resistir la tentación y disparé a una pared. La bala revoto barias veces hasta que rompió un foco de neón. Ellos salieron corriendo, mientras yo les gritaba alocado: — La próxima vez les encajo la bala en la frente—. Ellos no quisieron saber más y desaparecieron. Me subí al auto y me fui a casa.

Al día siguiente me mandó llamar uno de los supervisores a su oficina. Me pidió que cerrara la puerta. Pretendió reprenderme de manera severa, pero yo le respondí de manera violenta. Entonces él se calmó y me dijo que había dos condiciones para que siguiera trabajando en el almacén. La primera era que tenía que consultar a un psicólogo sobre mi conducta, y tomar una clase de control de ira. La segunda, era que tenía que disculparme públicamente con los afectados. Eso significaba prácticamente mi renuncia. Le dije que podía tratar lo de las clases y el psicólogo; pero que nunca iba lograr que me humillara ante los acosadores. Él me dijo que lo pensara, que me tomara mi tiempo, y que no quería más altercados. Yo le indiqué que sólo me estaba defendiendo; que no había recibido apoyo por parte de la gerencia y las cosas se habían ido fuera de control. Les hice notar que ellos tenían cierta responsabilidad en el asunto también. Él movió los ojos enfadado y me dijo que hablaría con el personal una vez más. Yo le dije que no le prometía nada.

Después de ese día, las cosas se fueron en picada. Se acabaron los rumores y el acoso, pero en su lugar, llegó algo más: ahora los gerentes eran mis enemigos. Me hicieron la vida imposible. Me saturaban de trabajo, sin ofrecer ningún tipo de ayuda. Tenía que trabajar horas interminables; hasta cincuenta horas por semana. Si no entregaba un resultado por la falta de tiempo, era sujeto a regaños despectivos y humillantes. No podía soportar aquella situación. Aguanté un par de meses, pero me di cuenta que las cosas no iban a cambiar. Yo no iba a dar mi brazo a torcer y punto. Lo pensé muy bien. Tenía bastante dinero ahorrado en el banco y mi pensión estaba intacta, podía tomarla en cualquier momento. Además, aún tenía la casa de mis abuelos, que habían heredado a mi madre y ella a su vez me la heredó a mí. No los necesitaba. Podía encontrar otra cosa para subsistir. Así que decidí renunciar. Mi jefe en tono de burla me

131

ofreció una comida con todo el personal por mis años de servicio. Eso significó el final de mi relación con la empresa.

Capítulo 7

Después de dejar el trabajo en el almacén, decidí tomarme un descanso. Ese mismo fin de semana hice una maleta básica —sólo un par de cambios de ropa—, y me subía al auto, manejé sin una dirección precisa. Sólo quería salir de la ciudad y perderme por un par de días en la carretera. Manejé por la interestatal por dos horas y luego bajé por un camino rural que me llevó a un ejido perdido en el valle. Pasé la noche en un motel de quinta categoría, y a la mañana siguiente continué con mi ruta sin dirección precisa. Mi aventura duró seis meses, en los cuales trabajé realizando las más diversas actividades para subsistir. Claro que siempre tenía acceso a algún banco, donde podía retirar dinero de mi cuenta. Estaba en busca de algo, aquello que no había podido encontrar en toda mi vida. Fui de un lado a otro, hasta pasé unas cuantas noches en alguna cárcel pueblerina, por un par de peleas fortuitas que me regaló el destino. Mi ruta estaba dirigida hacia las regiones pobres del estado. Los caminos rurales que siempre están en mal estado me atrapaban y me agarraban desprevenido. Las cantinas baratas y los hostales a la orilla de la costa eran mi destino cotidiano.

Trabajé tres meses como asistente de cocina en un restaurante que estaba ubicado a las orillas de una estación de ferrocarril, en un pueblito mísero y polvoriento, ubicado en medio del desierto. Ayudaba en las labores de cocina y por las noches lavaba platos. Trabajaba a cualquier hora que estuviera disponible. En el desayuno de las mañanas, a la hora del lonche a medio día, o por las noches en la cena. No ganaba mucho, pero me mantenía entretenido. Procuraba quedarme encerrado en la cocina, concentrado en mis labores y alejado de la gente; como siempre.

Estábamos en los albores del verano y el calor era implacable bajo ese sol impasible y colérico. En las calles miserables de tierra, se levantaba el polvo en bocanadas asfixiantes cada que un auto pasaba. De lo lejos llegaba el sonido irritante del silbido del tren, y los chiquillos descalzos y sin camiseta lo esperaban para correr al lado de las vías, saludando a la gente que los observaba a través de las ventanas de los viejos vagones. Adentro de aquellas ardientes cajas de metal que surcaban las vías, los rostros sudorosos se replegaban a las ventanas en busca de aire, con sus ojos desorbitados y somnolientos por el sopor del mediodía. El tren llegaba a la estación, y se formaba un alboroto entre los vendedores ambulantes y el bullicio de las masas que se aglomeraban en las calles adyacentes. A unas calles de la estación estaban los mercados de abasto de la región, así como las cantinas de mala muerte; y más allá, al otro lado de las vías, los tugurios y los arrabales repletos de miseria. La música de acordeones, de tubas y tololoches desafinados salía de las cantinas apestosas a orines y cerveza rancia. Las prostitutas morenas, de piernas flacas y vientres hinchados, como si estuvieran en un embarazo perpetuo, reposaban recargadas a las paredes de los edificios ruinosos al lado de las moscas.

Las escenas rurales me llenaban la vista. Compré una cámara y comencé a tomar fotos de la gente pobre, de las casas ruinosas, de los arrabales, de los edificios abandonados, de los canales de riego, de los campos de sembrado, de las prostitutas baratas, de los campesinos sudorosos, de los viejos incansables, de los atardeceres glorioso del desierto, y de los amaneceres.

Pero siempre volvía una y otra vez a la carretera.

Una noche manejaba por un camino en medio del desierto, era el mes de septiembre. Serían como las tres de la mañana y no había tráfico. Allá arriba en el cielo se asomaba una luna inmensa, descomunal, redonda, y brillante, que alumbraba con su inmaculado reflejo las arenas del desierto. No había nubes y el cielo estaba repleto de estrellas. Había manejado por una hora sin haberme encontrado con otro auto. Me sentía solitario, diminuto, casi insignificante, ante la majestuosa e imponente presencia del universo que se abría en el horizonte del camino. Era una noche hermosa, con un toque lúgubre, y solitario. Escuchaba la radio, cuando de pronto comenzó una canción que ya había escuchado cientos de veces antes, pero nunca le había puesto atención a su contenido. Eleanor Rigby de los Beatles. Era la historia de una mujer que había muerto en una iglesia y estaba tan sola que nadie fue a su entierro. Y hablaba de la gente solitaria. Y Paul preguntaba: ¿de dónde viene la gente solitaria? ¿a dónde pertenece la gente solitaria? Y yo en mi mente trataba de contestar a esas incógnitas. Y es que, nadie pertenece a nada en realidad. Los seres solitarios caminamos en las calles entre la gente pensativos y serenos; plagados de preguntas sin respuestas. Y nos escondemos entre los rincones para no ser sorprendidos. Y se encogen las ganas de convivencia, víctimas del rechazo; y nos alejamos de la multitud aguijoneados por la apatía y la indiferencia. Cuando somos rechazados, tratamos de refugiarnos detrás del silencio de las palabras, esas palabras que nadie pronuncia, que tienen un sonido sordo y las cubre un significado hueco; son sólo sonidos, quejas, lamentos de bestias incomprendidas e infinitamente crueles. Hay momentos en que todo pierde sentido y nos atrapa una tristeza profunda y tajante. Y bailamos una danza lenta, muda, y sin color en un teatro desierto. La gente solitaria no pertenece a ningún lado, no tiene un país preciso o un hogar verdadero. Hay algo que se va secando por dentro a través de los años. Un desierto nace en el interior y se extiende, seco, yermo, lleno de aridez. Y caminamos exiliados del mundo, víctimas de la hostilidad de una tierra poblada de entes repletos de apatía; seres insaciables y abyectos. Demasiado sensibles para el tacto; demasiado ásperos para la convivencia. Y esa sonrisa amarga que se refleja en los vitrales de las avenidas desoladas en los paseos de media noche por la ciudad. El aroma a alcohol en un rincón silencioso de algún cuarto de motel de paso. El humo de los cigarrillos que lanzan lánguidas figuras caprichosas esbeltas, y danzantes, que suben en espiral hacia el cielo, para difuminarse a las faldas del tiempo. El juego de las máscaras encerradas en un frasco al lado de la puerta. Recogiendo granos de arroz a las afueras de una iglesia. Sacudiendo la tierra de las manos al alejarse de una tumba. La gente solitaria, no pertenece a ningún lugar.

Los humanos somos seres solitarios por diseño. El silencio es algo inevitable en lo profundo del alma. En ocasiones salimos a tratar de encontrarnos en el reflejo de los demás. Pero siempre regresamos al silencio de nuestro ser. Y buscamos el juego del contacto para retar al destino. Somos asteroides en trayectoria de coalición.

La soledad, de cierta manera es un sinónimo de liberación. Es un tipo de libertad muy particular. Si no la disfrutas duele; y si te acostumbras a ella, estás perdido; por eso tiene nombre de mujer. La nulidad encierra cierto embrujo de bella atracción. La belleza no tiene que ser alegre; no tiene por qué seguir esquemas preestablecidos por la vanidad del narcicismo colectivo. Siempre hay algo seductor y fascinante en la tristeza. Esa tristeza adictiva que se revuelve en las entrañas y cosquillea en las venas, como un veneno dulce y ardiente. Las noches del desierto encierran una atracción que llama, que seduce con su silencio abrasador.

La canción terminó y yo apagué la radio. No quería pensar en nada, sólo deseaba ser arrastrado por la marea de la noche y por el camino callado. Manejé hasta el amanecer. El sol me sorprendió de frente, saliendo detrás de una montaña lejana. Habían aparecido algunas nubes y los rayos del sol las pintaban de destellos ambarinos, naranjas, rosados, y de bordes dorados, con un trasfondo azul claro. Se creaban sombras caprichosas entre los arbustos y los cactus que emergían de las arenas blancas y permanecían erguidos como ciclopes espinosos. Un coyote trotaba al costado del camino. Las gotas de rocío colgaban de las hojas de la gobernadora con sus florecitas amarillas y de las espinas de las biznagas. La mañana se abría diáfana y fresca ante mis ojos cansados, danzando con su vestido azulado, juvenil, y efímero. Me detuve en una gasolinera de paso. Las suelas de mis botas hundían la graba arenosa que crujía quejosa bajo mis pies. Al lado de la gasolinera estaba un restaurant de paredes de adobe, con techo de tejas color bermellón. Compré una taza de café y me senté en la barra, mientras un pensamiento nacía en mi cerebro: era hora de volver a casa.

Más tarde, camino a casa, iba pensando cómo sobrevivir de un modo emocionalmente sustentable entre la gente. Tenía que desvelar el misterio de las formas sociales que me exiliaban entre la multitud. Eso que me convertía en un ermitaño citadino. Y trataba de descifrar el enigma de su fórmula al ir cancelando una serie de factores concatenados, con el fin de desencadenar una reacción en el espectro de mi realidad. Un proceso de deconstrucción sistemático y total que me permitiera existir, sin ser acosado por el lastre de la convivencia. Al eliminar los factores, me he ido quedando sin nada, pero esa es la idea; mientras menos tengo, más gano. Se aplica la fórmula de menos, es más. Lo qué hace falta es darle nuevas formas al pensamiento.

Que sea menos estructurado y más fluido. Que sea menos dependiente y más libre. Que sea menos ruidoso y más sereno. Que haga más caso a las voces internas que a las exigencias del exterior. Tiene que extenderse sin temores para vencer los prejuicios y así, romper cadenas. Ahora, tengo más de una década que he renunciado a todo. Vivo en casa aislado de todos en una suerte de ascetismo severo. Tengo un contacto mínimo con el exterior. Salgo muy poco de compras; y solo compro lo necesario. Me dejo guiar por un proceder básico y austero. Casi nunca hablo con la gente. No me he comprado ropa en más de siete años, total, ¿para qué? No la necesito. Nadie me visita; nadie me habla; nadie me invita a ningún lugar. Mi círculo está cerrado por completo. En ocasiones estoy tranquilo. Hay veces que me irrito de la nada; me siento agotado, hastiado de todo. Nada tiene sentido. Sólo respiro y vivo en la eterna renuncia. Es mi expresión de rebeldía. Es mi lucha continua y solitaria. Nadie dijo que era sencillo. Pero tengo que resistir, porque un alma rebelde tiene que vivir luchando.

Capítulo 8

Creo que ya estoy en mi tercer día de estar tirado aquí. Las cosas no tienen buen color. He sudado mucho hoy. Ha hecho un calor de los mil infiernos. El dolor de cabeza ya es insoportable, aún más que el del estómago. Muero de sed ¡maldita sea! Escuchó los rumores alborotados de fuentes de agua frondosas a lo lejos. Sueño con ríos caudalosos que me arrastran con su furia incontenible; con estantes de refrescos formados en filas interminables. Con vasos de agua transparente sobre manteles blancos e inmaculados. Mi imaginación se llena de oasis en medio de desiertos insondables, de canales que serpentean entre las calles de una ciudad lejana, de lagos cristalinos y azulados entre las montañas, de regaderas encendidas entre el verdor de una planicie extensa, de nubes grisáceas, oscuras y pesadas, dejando caer gotas gruesas y redondeadas sobre mi cara, de cataratas robustas y violentas cargadas de agua, agua, agua.

Dentro de mi hay un dragón que exhala fuego y me calcina las entrañas. El calor intenso me sale por los poros, por la boca, por las fosas nasales, por las orejas, por los ojos. Hay un infierno dentro de mí. Mi sangre arde como lava. Mi reino de la nada por un vaso de agua… Ahora el agua es lo más elemental, lo primario, lo más necesario; y su ausencia es el origen de mi tormento.

Ahora que me doy cuenta, la basura se ha ido acumulando en los últimos meses. Hay latas de comida vacías y bolsas de plástico por todas partes. Tal parece que, sin darme cuenta, algo más se ha roto dentro de mí: la higiene. Me he ido abandonando de modo paulatino al descuido personal y la inmundicia. Hay ratas y cucarachas por todas partes. Hay un olor desagradable a desperdicio que se ha impregnado por toda la casa. No puedo entender lo que ha pasado. Lo adjudico todo al descuido, al desánimo, al hastío, y al tedio. El silencio suele ser abrumador en ocasiones; y en veces es paz y olvido. Hay días de tormenta y momentos de sosiego. Hay episodios de letargo prolongado y destellos de estallidos espontáneos. He cantado muchas canciones con mi voz desafinada y horrible, en el teatro sin audiencia de mi habitación. Y sin darme cuenta, vivo con los ojos cerrados a la realidad. El mundo está allá afuera desafiante, hostil, y violento...aterrador.

Las ratas han estado merodeando alrededor de mi cuerpo por horas. Y yo aquí tirado en el suelo de la cocina, sin poder moverme, con la espalda rota. Están acosando, esperando ansiosas el momento preciso para atacar. Son animales nerviosos y asustadizos, con sólo un movimiento de manos hago que retrocedan y se alejen espantadas, pero siempre regresan, no se cansan nunca. También son feroces, rabiosas y siempre están hambrientas; siempre en busca de algo. Al principio, duré horas tratando de espantarlas, hasta que me cansé de su juego. Ahora sólo las veo como me observan, con sus ojos redondos de roedor acechante y sus dientitos delgados y afilados. Una de las ratas bajo la guardia, creo que se sintió confiada al ver que no me movía. Se acercó demasiado a mí y ese fue su más grande error; uno de esos descuidos que nos pierden, que nos llevan a la ruina o a algo peor. Fue algo espontáneo, sin pensarlo, tiré un manotazo involuntario cuando sentí que estaba cerca, fue un

140

reflejo certero. Ella quedó aturdida y confundida a mi costado, dando vueltas sobre su espalda en el suelo, estiré mi mano y la aprisioné entre mis dedos con fuerza. La levanté hasta tenerla a la altura de mis ojos y fue cuando nuestras miradas chocaron por primera vez. Odio a primera vista. Era de un color grisáceo, sucia, sus ojos pequeños negros y redondos, casi a punto de estallar y esos bigotitos repugnantes. Me mordió los dedos en varias ocasiones con sus dientes pequeños delgados y filosos, y me lamió las heridas con su saliva llena de rabia. No lo pensé mucho, me dejé llevar por algún instinto recóndito, atávico, y primario; algo primitivo despertó en mi interior y se apoderó poco a poco de la voluntad. Le arranqué la cabeza con un giro violento de mi mano izquierda. Sentí los huesitos de su cuello crujir y escuché la piel que se rompía como un pedazo de tela vieja, mientras su sangre salpicaba mi cara. Es increíble lo que el instinto de supervivencia nos obliga a hacer. Hay algo sobrehumano que aflora desde un oscuro rincón del ser cuando se llega al extremo; cuando se está a la orilla del abismo. Es un umbral que se abre a nuestra conciencia, la entrada a otra dimensión del ser. Allí estaba yo, sosteniendo la rata sin cabeza con mi mano derecha. La sangre goteaba sobre mi pecho como un rocío fatal, mortuorio, y sin forma. De nuevo actué por un impulso automático. Di una mordida certera sobre el hueco que había dejado la cabeza de la rata. El cuerpecito crujió entre mis dientes y se dobló con cierta dificultad para partirse entre los labios y la mano. Fue una atracción malsana, como una traición al buen gusto. Sentí esa sangre contaminada correr por mis labios y aquella piel correosa llena de pelos grises, y el crujir de los delgados huesos de la columna vertebral y sus diminutas piernas. Sus dedos de rata me raspaban la lengua. Mis dientes trituraban aquel bolo alimenticio que se fue formando repugnante e inmundo. Entonces algo pasó, estaba demasiado deshidratado para producir la suficiente saliva para tragar aquel bocado infernal. Me comencé a ahogar con la plasta de carne, tripas, y huesos de rata en mi boca, lo tuve que escupir. Aún siento los pelos de rata atorados en mi garganta.

Ahora que lo pienso, las ratas me comerán cuando no me pueda defender de ellas. Y las cucarachas y las hormigas harán lo suyo. Yo preferiría ser comido por los buitres, animales hermosos e imponentes; así como Úrsulo de la novela de Revueltas. Pero creo que eso será imposible, no veo a ningún buitre cerca de aquí. Al final del festín reinarán los gusanos.

Mi madre siempre me decía que las ratas eran animales odiosos e inferiores. Ella las detestaba con todo su ser; sentía una repugnancia incontrolable e intensa hacia ellas. Así somos los seres humanos, nos creemos los dueños de la escena. Sufrimos de una arrogancia enferma, pero la verdad es que delante de la naturaleza no somos más que una pieza más de sus engranes. La naturaleza siempre está por encima de nosotros, porque ella no tiene prejuicios ni moral. A ella le da lo mismo: un águila, un buitre, un gusano, una serpiente, o un ser humano. Ella sólo mantiene su balance sin clasificaciones ni jerarquías estúpidas. Yo, en lo personal, detesto esa arrogancia de los hombres al ponerse encima de la cadena alimenticia. Vamos a ver, estás solo, en una jungla, sin un arma, desnudo, con un tigre por delante, allí se está en completa desventaja. Lo siento chico, tu supuesta superioridad no te va a servir de nada, te van a tragar enterito. En mi caso, las ratas me van a tragar y no puedo hacer nada al respecto, más que volverme loco o resignarme; total ya voy a estar muerto. Ellas tampoco entienden de jerarquías. Claro que todo depende del cristal con que miremos las cosas; hay mil formas de engañarse a uno mismo. Veamos ahora; en un holocausto nuclear, las cucarachas tienen más posibilidades de sobrevivir que los seres humanos. ¿Quién es más apto ahora?

Nos creemos consentidos por la naturaleza, por ese detalle del intelecto, la adaptabilidad, la evolución, y por supuesto, esa maravilla que es el cerebro humano. La paradoja del cerebro es que actúa como una navaja de doble filo, nos salva de los peligros, pero es un peligro en sí. Llevamos el enemigo por dentro. La amenaza es constante. Nuestra salvación y nuestra destrucción está dentro del cerebro. Y en eso de la supervivencia y la adaptabilidad también estamos en desventaja. Según Darwin; no sobrevive el más fuerte ni el más inteligente, sino el que se adapta mejor al cambio. Creo que nos hemos adaptado muy bien últimamente, pero el futuro es incierto y aterrador. Eso sería suficiente para acabar con nuestra estúpida arrogancia. Y luego nos encontramos con esos imbéciles que se creen que son mejores que sus semejantes. Eso es lo que siempre detesté de la gente: su arrogancia.

Creo que he comenzado a desvariar. Mi mete juguetea extasiada por un golpe fulminante de deshidratación. Permanezco en un estado somnoliento; en una estación onírica que viene y se va.

La casa está plagada de fantasmas, siempre lo ha estado. He mirado sombras caminar por el pasillo. Me pareció escuchar la voz de mi madre platicando con mi abuela. En un momento dado, miré a mi madre parada frente a la estufa con su delantal floreado, cocinando unos chilaquiles. Sospecho que eran chilaquiles, porque la miré partiendo tortillas de maíz y había un olor a salsa de chile colorado; pasilla para ser más específicos. Traté de hablarle, pero no me contestó, tan sólo permanecía erguida, con ese orgullo que la caracterizaba, con una sonrisa cordial y fingida. Y esa máscara que guardaba en un frasco y se ponía al salir de casa. Había música que llegaba desde el exterior. Se escuchaban saxofones, trompetas, y clarinetes. Quise gritar por ayuda, pero ya no tenía fuerzas; apenas pude articular un quejido deforme de ultratumba.

Pero aún tenía a un aliado cercano que era mi pensamiento, era lo único que me mantenía con vida. Luchaba por permanecer consciente, porque sin la conciencia no somos nada. Luchaba por darle sentido a esa locura que inevitablemente me iba tomando de rehén. Tenía que encontrar un punto de referencia, para no perderme. Tenía que formular un método, para no caer. Y de repente recordé que me gusta robar frases a mis escritores favoritos. Pero no esas frases que han dejado plasmadas en papel, sino, aquellas que posiblemente pensaron, pero, que, por un motivo u otro, nunca pudieron escribir. Me gusta meterme en sus pensamientos y ver el mundo a través de sus ojos. Por ejemplo, pienso que Oscar Wilde hubiera escrito una frase como esta: "Uno de los momentos más bellos en la vida es cuando nadie cree en ti; eso te forzará a creer en ti mismo. Uno de los momentos más tristes en la vida es cuando dejas de creer en ti mismo. De cualquier modo, la vida tarde o temprano te ha de mostrar las dos caras de la moneda; de eso puedes estar seguro."

Hay un ensimismamiento prodigioso en aquellos, los seres de letras, que los mantiene al filo de la razón. Se nutren de inspiración, admirando el reflejo de sus ideas por horas enteras. Y es que un escritor debe ser un narcisista, egocéntrico, un tanto egoísta, y con delirio de grandeza. Sólo así puede vencer todas sus inseguridades y sus miedos; de otra manera no podría escribir ni una palabra.

El escritor favorito de mi madre era José Revueltas, de allí el nombrecito: Úrsulo, pinche nombre feo, desde allí me empezaron a partir la madre. El nombre lo tomó mi madre de uno de los personajes del libro: El Luto Humano. Por eso es que leía ese libro en especial, de algún modo, me sentía ligado él. Tal parece que con el nombre llegaba heredada la personalidad del hombre miserable de la novela. Y yo, así como Úrsulo, estoy imposibilitado para sentir un amor puro y sin prejuicios. Con mi tacto burdo, áspero, y grosero hacia la vida. Con esas ansias de arrebatar; ese impulso de poseer reprimido dentro de mí ser. De cualquier modo, Revueltas es uno de mis escritores preferidos junto con Rulfo. La literatura de Revueltas y de Rulfo huele a tierra, a río revuelto, a madera quemada, a pólvora en el viento, sudor, vertebras, y sangre. Y hoy están más presentes que nunca. Yo he vivido en sus calles, en sus valles, en sus desiertos, en sus cárceles, y en sus montañas. Me he despertado en sus amaneceres; y he caminado al filo de sus crepúsculos. Me he bañado en sus ríos, en sus riachuelos, en sus canales de riego. He soñado con sus muertos, porque son mis muertos. He sentido la opresión de sus historias porque no han terminado; porque la revolución aún no ha terminado. Porque el pueblo sigue oprimido. Porque las compañías extranjeras aún nos explotan. Porque el indígena aún está sometido, humillado, y en la miseria. Porque el odio profundo aún nos come las entrañas, en un país dividido por prejuicios, viejos rencores históricos que no logramos sanar; y ese desprecio hacia nosotros mismos que exteriorizamos al rechazar al hermano de patria. El peor enemigo de un mexicano es otro mexicano reza la frase de Paz —creo que es de Paz, o tal vez fue una frase de dominio público que él utilizó en el libro: El Laberinto de la Soledad—. Y esa indiferencia de los gobernantes hacia el pueblo. Y ese desprecio de la clase privilegiada hacia los humildes. Y ese pueblo reacio, aferrado, corrupto hasta el hueso, lleno de máscaras, repleto de infortunio, adorador de la muerte, golpeado por el inefable destino; que siempre vuelve a caer una y otra vez en los mismos problemas que parecen no tener solución, y nos aprisionan en la más asfixiante de las miserias. Pero al mismo tiempo: es un pueblo lleno de colores, de música, de poetas, de artistas, de canto, de contrastes, de tacos y de comida buena. Ese era el lugar de estos escritores magníficos, que lograron juntos atrapar la esencia de una gente que sangra penas; y sangra amor.

Y es que las cosas están mal aquí, siempre han estado mal, desde que yo me acuerdo. Vivimos en un país de crisis continua, de lucha interminable. En una guerra eterna contra la corrupción, el crimen, y el abuso sistemático. Y a pesar de todos los siglos de historia, aún no hemos podido crear una fuerza política de respeto que nos guie hacia el progreso. Y no hemos podido concebir a un líder confiable y honrado en el cual creer. Y ahora voy a morir de un modo inútil, sin haber participado para contribuir de algún modo para que las cosas cambien. Pero la pregunta es: ¿en realidad me importa?

Sí, lo sé, es una pregunta patética, pero que se puede esperar de un alma deforme como la mía. Un ente lleno de odio, así como el resto del mundo. Y es que el odio llega y se nos va metiendo por los poros, de a poco, y llega hasta los huesos. Pero al mismo tiempo, brota desde adentro y hace que hierva la sangre contenida en las venas. Es algo que llega del exterior, de fuera como un ladrón furtivo; como un golpe sorpresivo a la razón. Es una provocación, es el otro que esta allá del otro lado; ese que molesta con sus acciones, con sus palabras, y sus golpes. Pero también está aquí adentro, asechando, escondido en los pliegues de la conciencia. Es una bestia en constante lucha por emerger a la superficie. Es la batalla eterna.

Y pienso en todo ese odio que sólo puede ser sanado con amor. Ahora pienso en ella. En Eleonor. Y me digo a mi mismo, basta de mentiras. Ya basta de engañarte a ti mismo. La verdad es que ella nunca existió. Bueno, Eleonor si existió, pero nunca vivió conmigo; nunca estuvimos casados. Sólo me inventé esa historia para sentir que mi vida no había sido tan miserable; tan patética. El autoengaño es una caricia cruel a nuestra conciencia. Ella si era la hermana del Chori y se casó con Raúl González y después se divorció; murió de cáncer a los treinta años. Yo fui a su entierro, pero me mantuve alejado de todos. Me acerqué a su tumba cuando todos se fueron y le dejé un ramo de flores sin nombre. Si tuvimos conversaciones y la visité un par de veces, pero ella nunca me beso. Bueno, sólo una vez y en la mejilla. Fuimos al cine una vez. Si la visité cuando estaba enferma y le leí poemas de Jaime Sabines, de Efraín Huerta y de Octavio Paz; y El Sueño de Sor Juana. También le guastaban Rimbaud y Baudelaire. No sé si fue un amor platónico, o un capricho estúpido del hastío. Sólo quería inventarme algo que me hubiera gustado vivir de algún modo. Por eso me atrevía a crear esa fantasía, al fin y al cavo percibimos al mundo a través del pensamiento. Y yo sentí cada beso, cada palabra, cada discusión, cada frontera que se cruzó por mi mente. Lo más triste y ridículo es que hasta en mi imaginación fracasé como pareja. Pero no, nunca toqué a una mujer. Nunca disfruté de las caricias femeninas sobre mi piel. Voy a morir virgen. Tengo cuarenta y cuatro años y voy a morir virgen...

Las mujeres siempre representaron un acertijo que nunca logré descifrar. Zulema era una morena que conocí en un gimnasio. Sólo hablé con ella unas cinco veces y me dijo que tenía un hijo y que venía de uno de los estados del sur, Chiapas o Campeche, no lo recuerdo. La gente rumoraba mucho acerca de ella. Cosas malas. Una vez me pidió ayuda y la rechace y ella me maldijo.

La Cachi fue lo más cercano que estuve de un romance, pero sólo fueron un par de besos y manoteo, fue todo. Sólo me creé fantasías, falacias, engaños a mí mismo; traiciones a mí realidad. Elucubraciones de añoranzas infundadas. Siempre estuve más allá de la tristeza, temeroso al compromiso. La proximidad con otros seres me irritaba. Los convivios me creaban un malestar emocional que me crispaba los nervios. Nunca lo pude entender. Tal vez se deba a ciertos rasgos de inseguridad emocional o a una aberración natural por la socialización. En ocasiones he llegado a pensar que es algo patológico; al menos así es como lo siento. Siempre me sucedía lo mismo, después de una reunión, regresaba a casa y me sentaba en algún lugar, ya fuera el sillón de la sala, una silla en la cocina, o la orilla de mi cama, y me ponía a pensar en lo ocurrido en la reunión. Siempre con esa sensación de haber hecho el ridículo. Nunca logré conectarme con alguna mujer en la conversación. Era torpe y nervioso, siempre hablaba de más; eso pudiera ser gracioso para un tipo atractivo, pero yo, un adefesio, sin ninguna gracia, ni atractivo físico; pues no, definitivamente no. Era muy inseguro en una sociedad hedonista que glorifica la hermosura, el exceso; y condena la fealdad y lo austero. En un lugar en donde todos quieren ser populares, y ser aceptados, amados, y admirados por sus semejantes. En un lugar donde todos se toman fotografías para demostrar lo felices y satisfechos que están con la vida. A la mierda, yo no estaba formado para eso. Además, nuca salí bien en las fotografías. No tenía cabida entre esos modos de vida. Y las mujeres se sienten atraídas por eso; el tipo atractivo, popular, adaptable, aceptado por todos. Eso representaba exactamente todo lo que yo no era. Era un repelente entre las chicas. De repente me vi atrapado en esos escenarios, y los detesté desde el primer momento. No nací para ser un bufón tampoco, que era mi única opción. Creo que todo eso me fue creando un resentimiento hacia los demás. Tengo algo de misógino; algo de misántropo, y no lo puedo evitar. Pero dentro de todo eso, había algo: la mirada diáfana de Eleonor. Esa mirada que era tan diferente a todas las demás. Su claridad, su ser impoluto y sincero me cautivo desde siempre, pero nunca tuve el valor de decírselo.

De cualquier modo, vivir con alguien también representa un pequeño infierno. El soportar esos cambios de humor repentinos. El tener que lidiar con el carácter de otro, como si no fuera suficiente batallar con el de uno mismo. Jodido.

Capítulo 9

Mi mente ya está cansada, camina lenta, lerda, pausada, arrastrando sus pasos: como un anciano. Mis pensamientos se apagan como anunciando el preludio del acto final. El pensamiento es vida y sin él estamos perdidos. Mis fuerzas se han ido por completo; se han drenado a través de vaho de mi piel. Me estoy evaporando, como un charco que queda detrás de una lluvia en el desierto. Me desinflo como un globo perdido en alguna esquina de una habitación oscura y olvidada. Ella siempre gana. Al final siempre se entrega como una amante celosa que busca a su amando. Es la meta al final del camino. El desenlace de la historia. Todos los caminos conducen a ella.

¡Ay! Muerte, chiquita. Muerte bonita, delgada, flaquita, blanca como los campos de algodón regados por los valles. Oscura como la conciencia de un asesino. Fría y dura como una roca en la nieve. Escurridiza como la arena del desierto que se desliza por las paredes de cristal del cielo inmenso. Seca, como el viento de mayo que desquebraja los labios y las mejillas de las mujeres bellas. Tajante como el filo de tu guadaña que se enreda entre tus dedos y surca los cielos en busca de vida. Implacable como la tormenta. Absoluta como el trueno. Definitiva como tú misma.

¿Qué muerte más digna puede haber, que esta? Una agonía lenta, prolongada, dolorosa, sublime, silenciosa, solitaria. El dolor es elegante, es un reto ante la vida, nos mantiene a la orilla del abismo. Se exprime la vida a cada respiro, a cada latido repleto de angustia. El suplicio engrandece, nos eleva, nos convierte en Dioses incorpóreos y volátiles. La luz se va apagando lento, como un atardecer, como el ocaso absoluto, final. El pensamiento revolotea en juegos perniciosos repletos de incongruencia, y estalla en burbujas delirantes de fatalidad.

¿Quieres bailar el último vals?

Ahora sólo quiero jugar un pequeño juego contigo. Ya no queda mucho tiempo. La luz de la vela de la razón se apaga lentamente. Ella toca a la puerta; eso me indica que el fin está cerca. ¿Alguna vez has pensado en ese momento? Todo mundo lo ha hecho alguna vez. Ahora quiero infectarte con ese pensamiento; quiero que cada vez que pienses en la muerte, te acuerdes de mí. Seré como un virus que te ha infectado por siempre; no hay antídoto para el veneno; no hay cura para la enfermedad. Sólo piensa en ella y en mí. ¿Y la pistola que está en el closet? ¿Qué harás con ella? ¿Y la navaja del armario? ¿Qué podrás hacer con ella? ¿Cómo crees que ella se presente ese día en tu vida? Ese será el último, te lo aseguro. Ahora estoy cerca de ti, voltea hacia arriba... Disculpa, sólo estoy jugando. Siento sus dedos en mi vientre Eleonor. Están fríos como una noche de invierno. Dile a mi madre que ya pronto estaré en casa. Dile que el dolor se irá por siempre, y tomaremos una taza de café bajo las estrellas, en medio del desierto del valle de Mexicali. Toda una vida esperé por este momento. Ahora estás en mí, como siempre lo has estado. Su beso de escarcha se estrella en mis labios, como una poesía oscura, lenta, pausada. No hay prisa, nos espera la eternidad; el silencio; la nada.

Fin